내 몸에 내려앉은 지명(地名)

김정환 시집

문학동네시인선 082 김정환

내 몸에 내려앉은 지명(地名)

시인의 말

최근 3년 동안 발표된 것들 위주로 모았다.
해설은 누군가를 위해 비워둔다.

2016년 5월
김정환

차례

2부

3부

서(序)

장소 자신의 장소 기억은, 미래일까.

1부

ps.

목제가면이라는 시가 있다. 뭐, 그런 제목 시
또 있을 것이다. 동남아시아나 오세아니아라면 진짜 목제가면
수만큼 있을지도. 이상할 게 없다. 내용은 다르기를.
그 시 내용 생각이 안 난다.
뭐, 이상할 것까지야
……
그게 나의 망각 아니라 목제가면 쪽 실종
때문인 느낌. 더 이상한 것은 그 제목 목제가면
아니라 육체가면이었다는.
내가 나의 실종
그후를 어떻게 알았을까?

실내에
신문지 젖은 태풍.

너의 순한 몸을
견딜 수가 없다.
감당할 수가 없다.

빗줄기 주룩주룩 내리는 유리창,
안구(眼球)에 밀착.

온갖
미완과 무명(無名),

목제가면이라는 시가 있었다.

지명의 호의(好意)

자연은 유명한 일화와 상관이 없고 인간도 영속의
문제라면 그럴 것이다. 여섯 살 신동이 난데없고 너무 천해서
어불성설일 것. 남은 몇백 미터를 손으로 가리키는
fingerpost부터 문인 생가 지명이 안내하는 것은 생가를
기분 좋게 낯선 것으로 만드는
생가의 무명(無名) 속이다.
낭만이나 지성과 다른 지명의 호의랄까. 등 떠미는 자신의 손을
애써 감추는, 끌어당기는 손이 보이지만 끌어당기는 게 무엇인지
보이지 않는 호의.
그것만큼 분명한 것도 없다.
누구에게나 생이란 결국 다행이겠으나
이제 자기 뜻밖에서 다른 호의가 시작될밖에 없다는 것을 죽음이
오랜 세월 걸쳐 형언하고 있다.
뭔가 쌤쌤이 이뤄졌다기보다는 죽음보다 더 근본적인
종언. 그때 단체 역사기행 등산복 형형이라니.
수백 년 만에 튀어나온 살인의 추억* 같지.
지명의 육(肉)은 인간의 보통명사고 그 이전은 인간 바깥 자연의
신화다. 간혹 인간 고유명사가 지명의

생계를 꾸리기도 하지만
생계도 지명의 의상에 지나지 않고 생애가 지명을
배열하지 않고 지명의 호의가 생애를 배열한다.
교우 관계보다 더 잡다한 것을
어긋난 느낌 전혀 없이 배열한다. 그때
인간으로 살았다는 게 그렇게 신기할 수가 없다.
지명도 지명의 호의로 씌어진다는 듯이.

* 봉준호 감독 영화 제목.

인쇄소

정복자 윌리엄(1028~1087)의 통금 종소리가 들릴망정
버려져서는 안 될 것 같은 마을이 있듯
인쇄소가 있다.
기름 없이 돌아가는
낡음이 헐거워 호들갑스럽지만
정복자 윌리엄 이전 인쇄의
최초가 남아 있는
인쇄소가 있다.
쩨쩨한 세금징수원이나 이름 괴팍한 단 한 사람을
위해서라도
결혼 없는 결혼식과 이방 없는 방문과 크리스마스 없는 크리스마스
성찬을 위해서라도
그만하면 최소한 형태로
모든 것이 남아 있는 것이므로 남아 있어야 할 것 같은
인쇄소가 있다.
고유명사와 분리되며 가장 낯익어지는 궁극의
추상명사,
죽음의 인쇄
동작인
인쇄소가 있다.
생이 죽음의
얼굴 없는 인쇄라는

사실,
인쇄소가 있다.
성경 찍던 최초 속으로
성경의 최초인
인쇄소가 있다.
갈수록 더 부드러운 부드러움의
벽(壁)에 죽음의
난해가 명징한
인쇄소가 있다.

각도

낡은 청색 아마포 표지가
기념비적으로 장중했던 OXFORD 고전
희랍어 사전 아니 라틴어 사전이었던가 내가
고등학교 도서반 때 도서관에서 언젠가
훔치리라 결심했던,
도서관을 겸재 정선 간송미술관과
동격에 달하게 했던, 그러다가
저건 더 낡은 책이 더 걸맞겠군
더 비싼 값을 치를망정 그렇겠군,
쪽으로 생각을 돌렸던 것이?
하지만 우리는 지금 경부고속도로를 달리는 중.
운전대 잡은 아내는 눈앞에 길이 불쑥불쑥
나타나지만, 내 앞에 풍경은 산 마을도 여타 자연도
가도 가도 변함없고 급기야 고정된 관계의
각도만 미세하게 바뀐다.
지나쳐온 짐차만 다시 지나친다.
중도의 Sozialformation
은 형식은 물론 형상화의
'화' 하고도 또 다르지.
남은 것들이 남은 자체
형벌과도 무관하다.
어쨌거나 그건 아직 터널 전이라는 얘기.
산이 양다리 벌리며, 음탕하지 않게 길을 내주는

바깥 풍경은 터널 한번 지나면 형체도 없다. 무슨 심연
씩이나. 천장과 바닥 중앙 표시선 샛노랗게
어긋나고, 위아래 크게 어긋나면서 상행도
하행도 없다. 맙소사. 내 주검 아직 화장 전인데
먼저 죽은 사람들 벌써 모여 있다니. 비명을 다시
찢는, 쨍쨍한 소리. 여보.
공포 아니라 연민이다.
그건 벌써 석양 후라는 얘기.
이제 고속도로 사방 깜깜하고 자동차 붉은
꼬리등만 수상하게 번뜩여 수상한
길 있겠지.
여보. 우리가 당분간 유지할 것은 연민의 각도다.
산 자들의 번화가 아니면
비린내 질펀한 어촌 근해 집어등 야경이 우리 앞에
다시 출현할 때까지. 울음이 울음의 흔들림을
선이 선의 흩어짐을, 수습할 때까지. 아니면
할 수 없는 거다 여보. 그것은 우리 몫의 연민.
바다가 멀리멀리 물러나 일직선에 가닿을 때까지.
벽에 걸어두고 온 모자가 걸린다. 그 무게의
부재가 많이 걸린다.

좋은 여자 후배 시집

벌꿀은 언제 스스로 벌꿀인 것도 잊고
내 안에 너무 깊이 식물성 동물성 들여놓고는
벌에게 꿀처럼
문법의
코를 찌르고 혀를 죽이지?

(이별이 청천벽력 이별이)

그림은 언제 스스로 그림인 것도 잊고
잊는 모양을 잊는 모양을 잊는 모양도 잊고는
운명에게 운명처럼
직진(直進)을 좌지우지하지?

좋은 여자 후배 시집이 그것들 지나 겸손하다.
언제 스스로 시집인 것도 잊고
날창날창보다 더 가여운 비단 손수건으로 접혀서는
시에게 집처럼 다소곳이
세월의 주름을 다시 잡는다.

(이별이 청천벽력 이별이)
갑자기 시시해지는
이별이 청천벽력 이별이

액체 황홀

비에 젖으면 지명의 순간은 더 그럴까. 필라델피아,
보스턴, 시카고, 클리블랜드 오케스트라, 도시가 태어날까.
아무도 없는 거리 너무 야하지. 비에 젖으면 더.
사라져 더욱 견고한 방식으로 네가 떠난 후
모든 출현이 견고한 놀람이고 마감 직전 출현이고
마감의 출현이다.
피아노 입장(入場, 立場)도 그릇도 없는
지명의 순간. 좀체 없던 일이라는 듯이
초록이 초록을 부르고, 아이들 노랫소리가 위로 치솟는데
안정되지. 늘 그렇지만 좀체 없는 시골
할아버지다.
아무데도 속할 수 없으므로 펼쳐지는.
겉장만 남은, 그 속면 아무리 깨끗해도
겉장이니까 쓸 수 없는 공책이 있다.
그것만 따로 모아도 소용없다. 겉장이 겉장의
권위를 포기하지 않는다. 스스로 마모될 수 없는
목차가 있다, 울컥,
이는 것이 지워지는 것인.
비에 젖으면 지명(地名)의

고립의 역정

α

A와 B 사이…… 말이 끝나면
끝나기 전부터
'와'가 '사이'였다는 느낌. Between과 and의 경우 및 사
이와
다르지. 순서가 다르고 Between이 '결국' and인 느낌 A와
B가
서로 닮아갈 때 앞 느낌 두드러지고 같을 때
한몸인 AB보다 더 뚜렷하다.
고독 아닌 고립. 늘 당하는 고립의 '뚜렷'이 늘 당하므로
약화하면서
고립이 고독에 물들기 시작한다.

1

고립이 고립의 숫자를 센다.
둘에서 여덟까지다. 그 이상은 고립 아니다. 그 이상을
세는 것은 더더욱. 고독이 얼마든지 늘어날 수
있는 것은 모든 것이 음풍농월은 될 수 있는 것과
같다. 물오른 생의 자칫, 표절 말이다.
희망의 입을 어떻게 여는가.
벌레도 바람도 꽃도 태양도 아닌
오늘의 애인과 정반대인,
(너로 하여. 때로는 고독이 달콤하다.)

시간보다 더 늙은 미래의 구멍(은 구렁텅이),
희망의 입을 어떻게 여는가.

2
죽어서 지옥이 있단들 우리가 죽어서
지옥에 머무르지 못할 것이다. 거긴
인간이 만든 벌레와 짐승들의 거처거든.
낙원이지. 그것들이 우리들의
거처를 마련하지 않았다. 우리만 모르고 다만
느리게 산다. 죽기 직전까지 산 것으로
죽음을 무마할밖에 없는
우리가 썩어간다. 살면서 살아 있다는 게 딱히 더
중요할 것도 없이.
고립은 시작이다. 고립의 시작이고
고립이 시작이다.

3
내가 미처 몰랐던 것을 미처 몰랐던 것들아.
전원풍으로 미안한 성욕을 누르기 위하여 정신이
한없이 겸손해진다. 사소하게 박힌
못 하나 빠져나간
생채기, 우리가 영혼이라고 불렀던
이전이 뒤늦게 이후를 닮는다.

폭풍우도 비로소 사소한 비명을 닮는다.
생이 너무 뾰족했으므로 죽음은
원(圓) 아닐 것이다.
사각형 관 너머
오각형이면 다행일 것이다.

4

너머, 우리가 의미라 부르지 않고
화성(和聲)이라 불렀던.
아무래도 우리 뭔가
화성보다 더 화려하기라도 하기는
해야 할 것 같아, 그지? 동성애도 먼 옛날 시작은
그거였을 것 같다.
떠도는
망외(望外)의 소득, 우리가 결국
몸이라고 불렀던.
닫힘으로 펼쳐지는. 펼쳐지지 않을 때까지 닫히는
닫힘이, 닫힘으로 펼쳐지는.

5

뭐지, 저, 밀가루 반죽을 얼굴 형용으로 뒤집어쓴 화상은?
시간은 스스로 노인인 적 없이 저 혼자 숱한 노인을 빚을 뿐인데,

뭘 착각한 거지 저 한없는 슬픔의 시간은?
내려앉은 몸의 지명 아니고 정치 너머 아니고 그냥 쪼잔한 저 말,
얘야, 죽음 직전 죽음의 신비주의를
그렇게라도 벗어야 한단다…… 그거라도 벗은 게 다행이라는 저,
안도의 껍질. 내 안에서 격하게 밀려나오는.

6

분명의 거푸집, 끝까지는 영영 채울 수 없는,
우리가 생이라고 생각했던. 내 몸에
비누 냄새 나고
딸내미와 마누라 냄새가 분명 다른 그 다름의 냄새군.
돌이켜보면 몸이 기형 아닌 데가 없다. 정신의
악보, 음과 음이 이어지지 않는다. 역사가 피비릴
밖에 없는 것처럼 보인다. 분명의
거푸집으로. 그렇다 희망으로.

7

한 자(字)가 뜻의 뜻 너머 세계고 전체가 세계의 세계 너머 우편엽서
디자인인 한문
편지로 쓴다, 나는 닫힘이 펼쳐짐인 몸으로, 앞으로도 영

원히 살아,

있었다……

옛사람이 글씨 쓴 것 아니고 옛 글씨가 사람 쓴 것 아니다.

한용운이 영원히 살았다며 내게 보낸 한문 우편엽서

답장으로 쓴다. 스스로 장한 너의 일을 하라. 알게 모르게

죽음도 문제는 죽음이 아니고 생이다.

아니, 자신이 생에 속수무책이라는 사실 말고

죽음이 무얼 더 알겠는가?

8

웃음의 참음 아니라 엄정 구현. 무한 박쥐 엄정 구현. 웃음이

엄정일 때까지. 엄정이 엄정의 형식 아니라 몸일 때까지.

그것이 겸손일 때까지.

어쩌다 가게 되었는데 말이야. 요즘 같아서야 정말 얼마나

조촐했겠나? ……낫 배드. 아니 썩 괜찮았어. 고립은

물려줄 수가 있다.

ω

갈수록 오래된 사진이 갈수록 도처에 널린다.

생 아니라 생의 꺼풀 아니라 죽음이 날마다 벗겨진다. 이제 좀 제법

몸이 가렵군. 긁어다오. 난 이제 늙어가는 일에 열심히

몸을 바쳐야겠다. 학교 급식 불량 식재료 납품업체 퇴출
뉴스가 이제사 뉴스고 백화점들, 떨이 처분에 여념 없고
진짜 뉴스는 아무도 모르고 당사자가 제일 모르는
고립의 죽음이다.
울으라, 마침내 검은 죽음이 더 검은 울음 삼키듯이.

시장→장터→시장, 서울 토박이
—공지영과 김인숙에게

미녀 아나운서가 차를 모는 옆 좌석에 클래식이 흐르지 않고
클래식으로 흐른다. 클랙슨 빵빵 안 누르면 생활이
재래식으로 흔쾌한 독립문 영천 시장통 삐뚤빼뚤 비집고
나아갈 때도 그럴 것이나

차마 그러지 못하고 입구 스치며 그 미녀가 말했다.
'김작가 어머니가 여기서 장사를 오래하셨다죠?' 작가는 방송 용어.
김작가는, '그런가? 그렇겠네요……' 가방 메고
빨빨거리며 다니는 소녀 모습 장터에 박혔다. 공작가(이런)는
그맘때 근처 아현동을 빨빨거리며 다녔겠고……
나 두 작가 소녀 모습 모른다. 분명한 것은 그 두 소녀가
더 어려지며 다시 자라난 그 둘이고 내가 읽은 그 둘의 문학이
뒷걸음질치며 다시 다가온 문학이다.
아이가 어른 되지 않고 어른이 아이 되지 않고
어른이 나이의 비린내 너머로 자란다.
'물씬'이 '정결'과 그리 밀접한 단어일 수가 없다. 울음의
깊이를 모르는 청정. 서울 토박이들,
타관 객지 서울 사느라 자신도 모르게 전투적인 타관 객지 것들 사이 얌전히

주눅들고 살지만, 그들과 달리 고향에서 고향 출신을 광고할 일도 없지만,

서로 알아본다 서로 알아본지도 모르고,

이를테면 소문난 까탈과 근엄 따위를 서로에게 접는다.

타관 객지 것들이 제 고향에서 오래 살았다면 그랬을 것이듯.

이런 장면들은 내게 서울 도처에 있고 유명(有名)의 결핍이

여러 겹 겹치며 참지 못하고, 도무지 이름을 알 수 없는,

감동에 이른다.

타관 객지 것들이 제 고향에서 오래

살았더라도 이 감동의

역동적인 크기에 달하기 힘들 것이다.

서울 토박이, 그 둘 생각하면 서울에 작고(作故) 문인 문학관처럼

안 어울리는 것도 없다.

그건 한 꺼풀 결핍의 박제화니까.

성(城)

국민학교를 나오면 국민학교 운동장과 판이하게 다른
성벽이 보이고 다시 배열된다 모든 것이 그 속으로.
다시 보아도 성벽이 성벽일 때 화목한 식사의
잔혹이 완화하지, 드러나는 족족, 성벽이 허물어진
성벽인 사실 속으로.
누가 그 시절을 한 겹 더 성벽으로 만들어다오.
웰빙 겸한 시내 허물어진 성벽 돌아오는
동서남북과 요일과 계절의
산보 말고, 강 건너는 일의 안온함 같은
뒤늦게 아는 뒤늦게도 미리 느끼는 미리도 아닌
그냥 있는 섬에서.
생이 앞으로도 허물어진 성벽일 것 같은
개관(槪觀)이 미래의 개관을 인용하는
마당, 집, 여인숙과 광장의
연혁 허물어지는 개관의 개관을.
나머지는 그리운 채 남아 있어도 되겠다.
길 아니고 길거리 하나,
커피숍 아니고 커피 끓이는 냄새 조금,
공원이 될 수 없는 동산 하나,
빌딩이 될 수 없는
중고등학교 건물 하나,
국민학교는 나왔으니까.

내 몸에

1. 일본 냄새

분명 씻는 것이지만 씻어도 씻어도 씻은 것 아닌,
아주 지워지지는 않는 특성 너머
본성에 늘 달하려 하지만 늘 실패하는 말린
다시마 냄새, 가장 깨끗한 여인의 살의,
자연스레 열린 만큼 열려 있으나 사랑도
침은 너무 숭하다는,
소리와, 오히려 손해라는 모양의 면적으로
가마보코가 야들야들 가마보코고 생선회가
하얀 맵시 접시 위 더 하얀 정결
살기인.

2. 베트남 냄새

감동만큼 슬픈 것도 없다. 비린 민물 생선 국물의
비림을 강조하는 고수 잎. 그 휘발유성 비림의
이 역겨움은 아마도 원래 울화의 소산이었겠지만
중앙의 토색(討索)에 맞서 오줌통에 내던진,
삭힌 홍어보다 더 대범하게 정치적이고 식민지
백 년 전쟁 치르며 그 전통 상징이 된다 뒤범벅된
궁지와 고통의. 궁지가 된 고통의
건국이 된다, 그때 그랬던 시절이 승리한
일용 음식의
권위 같다.

고수 잎 민물생선탕
국물이 늘 적당량을 조금 웃도는
기적을 닮은
농담 같다.

3. 타이 냄새

가난은 무엇보다 성욕을 자극하지. 빈부격차가 심한
가난일수록 더욱. 그렇게 임마누엘이다. 새파랗게 젊은
큰아이 놈이 태국 갔다가 사다주었다 노년의 부모에게.
새끼손가락만한 코끼리상 등에 꼽고 아마도 노부부
섹스 동안 피우는 향. 오해라도 불역낙호아지만
피우기도 전에 안방으로 옮기기도 전에, 그 냄새, 그
비린내의 정반대인 황홀경, 빈민의, 빈민가의, 빈민가로
짙디짙은.
섹스 향과 섹스를 위한 향과 죽은 자 향의
혼돈과 혼동과 혼합인.
여인이 춤추는 듯한, 춤의 여성, 춤의 성(性)인 듯한
죽음이 여성이라서 춤인 듯한
글씨체 상호

Narai Phand
YLANG YLANG

재스민 향도 그것의
위장(僞裝)인.

4. 김부각 맛

어젯밤 꿈에는 왜 그리 모든 것이 너무 귀하고
너무 귀한 것이 너무 슬프던지. 아내와 아내 쪽
식구들이 꿈밖으로 눈물 번지는 꿈속 눈가로 넘쳐
흘러내리면 눈물은 라디오 희망곡과 일일 반공 연속극
사이 삼선교 대문 들어서자 연탄아궁이 골방 대학
입학 전후 헌책 꽉 찬 좁은 사방 벽 삼각으로 가까스로
위태롭고, 아들도 있나 하긴 아내가. 나를 걱정하는
전화 소리. 둔탁한 돌 하나 가슴에 얹고 아무것도 건드리
지 않고
칭찬으로 큰아버지, 나의 옛날 나의 어부 나의 호치민, "얘야
스와니 강을 불러다오" 내색의 스와니 강. 막내
가까스로 자리잡았다 인창동 아름마을 원일APT 104동
103호. 찾아가는 길 국민학교 땡땡이치던 전농동 지나
누나 색시들 몸 팔던 청량리 588 지나 큰물에 내가
빠져 죽는 큰아버지 밀가루 국수 말리던 단칸방 살림
중랑천 지나 장안의 장안동, 면목 없는 면목동, 죽음이
한 치 발 디딜 틈 없는 녹색병원 영안실 지나 그
장소들이 이리 가까웠나 아예 한몸이었나?……

너무 가까워 전면적인 까마귀 아니 까치 아니 까마귀는
다 채우지 못할 것을 모르고 신음이 화성인 것을 모르고
가까울수록 난해할 것과 찢어질수록 순정할 것을 모르는
행복한 귀다. 그렇게

깨어보니 옛날의
김부각 맛,
오늘의
몸 밖으로.

5. 방석집 고향

잠 깨면 초상집 같다. 나의 초상집 아니지. 내가
내 쪽으로 죽은 지 너무 오래. 그의 초상집도 그쪽으로 너
무 오래다.
초상집은 주어(主語) 없는 습관. 한참을 그러다
눈 내리고 문도 구들도 벽도 없고 들창문 열려
허허벌판 여관에 있다. 고향 마포에 있다.
여자와 있다, 있었다. 기다리고 있었다.
발 디딘 데 질척한 나의 유년을 여자가 부수면
나 비로소 오늘치 습관 벗고 생활은 발이 없다.
내일의 초상까지 발만 담긴 고향이다.
어느 날은 아파트 담 공유한 보통학교 운동장 아이들이
앞으로, 앞으로, 앞으로 앞으로* 악, 악, 악악 부르고

돌연 알 수 없는, 힘찬, 슬픔의 나이테가 내 습관에
배기는 식으로 지구가 둥글어지기도 하였다. 자꾸자꾸
나가면* 악, 악, 악악, 아버지 옛 부산 Custom Taylor
양복에 수놓은 전화번호 앞 숫자 두 자리였나 아니
한 자리? 황해도에서 내려와 앞으로, 앞으로,
내 유년에 아버지 부산 거쳐 일본까지 갔다.
너무 멀리 갔지. 일부는 영영 돌아오지 않았다.
JVC 초미니 홈시어터 디지털 잘 돌아가는데
음악이 나오지 않는다. 애프터서비스 센터가 가져다
일주일 내리 틀었으나 이상이 없단다. 그렇겠지
이상 있고 속수무책인 것은 내 유년의 장소겠지.
아무도, 나조차 믿을 수 없었지만 내가 믿을밖에
없다. 없는 형도 출몰한다. 더 질척해다오, 안 보이는
내 방석집 고향 마포, 내일의 초상집 습관 밖으로.
고향은 늘 하나의 장면인, 사는 이야기고 시는
사냥과 집이 없는 그물, 무덤의 이면이다. 아들의
모닝콜은 수탉 꼬기오에 클랙슨을 합쳤는데
어설픈 탱크의 어수선한 선전포고 같고 장하다 아들,
일어나지 않는다. 열린 방문으로 엉덩이가 전쟁보다
더 무거운 잠이고, 평화다. 미로의 사정이 있다.
가격의 보석이 있다. 애청하는 지옥이 있다. 늙음의
어원이 있다. 치매에 달하기 전 Tefal, Cafe
City로 커피 끓이며 저지를 수 있는

실수의 경우 수가 있다. 파경 너머
가장 슬픈 순간이 영원이다. 한없이 아득한 연민
무게의 기억은 남아.

* 동요 〈앞으로〉 가사.

야구

추억이 제의다. 맥락도 없이 불쑥불쑥 감동의 뼈대만 드러나고 그렇게만 그것이 비로소 과거고 비로소 과거가 안심이다. 당신은 선물하는 사람 마음을 몰라…… 그랬던 여자가 있었구나. 이것도 그녀가 사준 음악이다. 먼 옛날 추억이 제의를 낳았는지도. 제의가 아무리 피비려야 하는 것이었대도.

모기 실내

I

무명의 집단 아우성만 남은 듯

허리가 굽는다. 중력 때문이다. 이태리 타월 등뒤로 잡아당겨 위에서 쓱싹쓱싹

내려가다가 등허리 중간께 굽히고 쓱싹쓱싹

아래께 이르러 다시 허리 꼿꼿이 세워진다. 중력의

위치에 대한 육체의 이견 때문이지.

지옥이 있고 아무리 나쁜 짓도 믿으면 용서가 있는

종교는 무엇보다 중력 위치 이견에 대한

도리가 아니 것 같고 그래서 지옥이 총천연색으로

길길이 뛰는 것 같다. 아무래도 영화 같지

않나? 연말은 중력 탓 반 덕분 반. 연시는 덕분 반 탓 반. 경우 수가 많지 않아도

사랑과 최근이 늘 붙어다닌다.

파멸의 명이 짧다.

각설이 안 와서 멀고, 거꾸로가 아니다.

유고(有故) 아닌 알상이 너무 가깝다. 산은 짐승들 살게 좀 놔두라

그랬지, 내가? 네티즌들. 출판은 글쟁이들 먹고살게 좀 놔두지?

씨알도 안 먹히는 소리. 백 년 전 첫 키스 백 년 후 썩지 않고 정작

색즉시공이 공즉시색으로 썩는다. 너무 오래 걸리면 중력이

반칙 같지. 사물들은 각자 이미 다 알고 있다는
자세와 표정이다. 중력이 모두 아니라 각자
위치의 죽음이라는 것을 말이지.

II

아무래도 방충망 저 혼자 아주 조금씩 열리는 것 같아. 지구
자전 때문에. 물론
공전도 아주 조금. 아주 미세 촘촘한 쇠그물 방충망의
생명운동만큼 조금.
실내에서 나서 실내에서 사철을 보내는
쓸개 빠진 모기 부류가 어디 있겠나. 온도가 이미
인간의 언어 아닌가. 삶이 문학을 구원할 때까지
문학이 삶을 구원할밖에 없다, 뭐 그런 언어 못지않게 말이지.
모기도 자신의 의미와 감정이랄 수 있는 모종의
미적분 있겠으나 온갖 수사(修辭) 보이지 않는다. 왱왱대지만
가볍고 가는 몸으로 무엇보다 너무 난해한 왱왱이지.
직선의
비유가 물(物) 자체인 모기가 딱 한군데 어긋나는
방식을 왱왱대다 지나쳤을 것이다. 왱왱대는
보기와 달리 말이다.

사각(死角)

20년 전 땅값의 사각 지대 빈자리 동네가
아직은 서울을 전체로 끌어내리듯
지명이 지명 안팎과 전후를 전체로 끌어당긴다.
경관 너머 그 속에서 비로소 형용사 '오래된'과 자동사 '태어나다'가
공존만 하는 게 아니다.
자연 너머 자연스런 '오래된'이고 '태어나다'고
그 둘이 위치와 순서 바꾸어 '태어나다 오래된'도 '오래된 태어나다'도
자연 너머 자연스럽다.
외눈박이 괴물 형용 동굴들로 시작된 신화의 시대가
비로소 완벽하게 삭제된다. 지명 이야기가 지명 바깥 하천 경관에 해마다
괴물들이 던진 바위를 쌓기도 한다. 미니버스, 통통배, 자전거, 경비행기,
뻰질나게 들락거리는 지명 바깥 하루살이에
지나지 않는다. 피비린 살생과 순정한 사랑으로 점철된
낭만 세계도 지명에 벗겨진 페인트칠에 지나지 않는다.
옛날도 그렇다. 할아버지의 할아버지가 집을 지었다……지명의 이야기는
거기까지고 지명이 있는 한 가장 혈통적인
몰락도 지명 바깥으로 몰락한다. 역사소설과 가장
가까운 듯 가장 무관하면서 지명은

현대 너머로 과거적이다. 우리가 아는 가장 올바른
집단이라고 할 수 있다 지명들 아니라 그, 지명을.

한성부 지도

우리끼리 얘기다. 나라를 집어먹힌 일제시대
한성부 지도 거기서 궁궐 면적 과반이면 가세 기울어
배 쫄쫄 굶는 게 차라리 낫지 뒤늦은 치욕의 어설픈
비만이었겠다.
많이 부대꼈어야 했다. 스스로 지겨운 무능.
창경궁 동물원 식물원 5백 년 이어지며 가까스로 씻어냈
던 그
냄새가 아예 대놓고 코를 쑤시는 게
비운보다 인과
응보로 느껴져야 했다.
조선 왕족들 자존심이 아직 남아 있었다면 말이지.
끔찍한 비만 틈틈 그 비좁은 길로 쏟아져나온
백성들의 인산(因山)
인산인해.
통곡하는 슬픔보다 더 불쌍한 그 슬픔의 짐을
비좁은 길보다 더 비좁게 옥죄는 데 써야 했다. 그래도
5백 년을 이어왔는데 이왕가(李王家)
비밀 친위대 정도 있어야 하는 것 아니냐고?
귀신 씻나락 까먹는 소리. 우리끼리 얘기다.
한성부 지도는 구역 선이 지금보다 더 굵직하고
면적 더 풍성하고 나무 더 울창하고 그래서
더 울창한 것은 제국의 통치다.
한성부 지도 볼 때마다 그 지도 속

바로 그때 그 몸으로 직접 다시 통과하지 않으면
그때마다 내가 죽어 식민지
백성으로 돌아갈 것 같다.

분명

힌데미트, 라는
발음.
한 번 더.

지명 속 분명한 것은 죽음과의
공조다. 유산은 역사 몫이지. 부재 없다면 메꿀 필요 없지만
부재가 없다면 부재의
능가가 어떻게 가능하겠는가.
역사 속에서도 부재가 부재의 능가를 가능케 할 것이지만
역사 속에서는 그 광경 불분명하고 그게 역사다.
지명의 분명은 위축은 물론 역전-전화와도 응집과도 양면의
이면과도 다르다.
실제 시작과 쓰이기 시작 사이
시차인 시각차로 더 불분명한 역사 속에서 더욱 지명의
분명은 필요가 가능하고 필연이 운명적인 역사 너머
자연에 이르는 광경이다.
분명한 광경 아니라 분명이 광경이고 불분명이라는
미래가 그것으로 스스로 가까스로 최악을
면해왔던 것에 안도하지.
미래가 인간을 포괄하는 거의 유일한 순간이다.
이를테면 1942년 이탈리아 출신 지휘자

토스카니니가 이끄는 NBC 심포니 오케스트라,
바로 전해 작곡된 소련 작곡가 쇼스타코비치 전쟁 교향곡 7번, op. 60 〈레닌그라드〉를
미국 초연했고 그날 72분 19초에 이르는
전곡 연주가 미국 전역에 생중계되었다.
지명 속에서는 때로 제2차 세계대전 참혹도 위안을 입고 감격의
분명이 더 분명하다. 자유가 방임일 수 없다.
집단이 강요일 수 없다. 둘 다 헌신과 희생을 통해서만
가능하다는 분명이다.
자유와 집단의 가장 밀접한 거리의 변증법이
가능하다는 분명이다. 그때도 이상(理想)은 금물.
지명 속 지명을 입은
이상은 뒤늦게 지명의 지명을 입은 뒤늦은 이상이고
일화가 뒤늦었으므로 더욱
죽음에 육박하는 것이 생이듯
죽음과 공조하는 것이 생의 예술이라는
명제가 지명이다.

힌데미트, 라는 발음.
한 번 더.
발음만.

섬

무명의 설움을 해소하는 일보다
더 중요한 게 있다는 듯이 섬이 제 몸을 안개로 두른다.
아니, 그것보다 훨씬 더 중요한 일이다.
섬이 무인도인지 아닌지 여부가 곧 속수무책이고
호들갑이다. 왜냐면 안개 속에서
섬이 홀로 된 것 너머 홀로인 것 너머 자신이 섬인 것을
아는 것 너머 섬이다.
그렇게 유구만 있다. 그렇게 있음만 있다.
안개 속 섬이 자신의
지명이다.
섬이 제 몸을 안개로 두르는
시작은 이미 모든 것이 발설되었다는
뜻이지. 누가 두려운 도강(渡江)에 빗댔던가. 죽음은
섬이 모르는 섬의 가장 편안한 지명이고
안개 낀 섬은 그것도 없다.

생가 주변
— 편혜영에게

생가는 물론 생가 주변 노동자 셋의 육신과
백 년 넘게 모은 외가 재산을 시커멓게 태웠던
그 고무 공장 터도 아파트와 상가 들어선 지 오래다.
있든 없든 누구에게든 생가는 영롱한 죽음이고
생가 풍경의
윤곽이 늘 그 속으로 배열되기 마련이지만 나의
생가에서 죽음이 마냥 시커멓고 노동이 또한 시커멓게
단절된다.
이래서는 나의 생가 주변을 덮치고 사는 사람들 아무리 억척스러워도
내게는 죽을 때까지 살다 죽었다는 생의 일화가 어설프기
소설 등장인물의 소설 밖 등장과도 같을밖에 없겠으나
이 억울을 그들이 모르거나 상관하지 않고
무엇보다 그들한테 주소가 있고 나의 생가에
유년의 문방구 하나 없다.
나의 죽음에 지명이 없을 것이다.
피차 시커먼 얼굴로 노동과 죽음이 서로를 혼동할 것
괴기스럽기만 할 것이다.
단절되지 않은 노동이 사고무친이고
그 앞에서 명징하지 않은 죽음이
극성스러울 것.
내게 소설 너머 소설 속 닮은 지명이 필요하다.

선데이서울 김태희

2차, 3차로 넘어갈까? 일부,
넘어갔다. 젊은것들과 무단 횡단. 더 넘어갈까,
넘어갔다 다시 올까?

I
주택가치고도 꽤나 긴 골목을 도니 과연과 일약,
30년 전 학사주점풍 술집의 의외로 넓은 실내가
곳곳에 요즈음을 벽랑으로 품고 있었다. 과격한
거지 정치 바깥으로 세월이 흐른 생채기. 개불을
게불로 적었고 그게 맞을 것 같다. 육해공 어울리는
안주의 사례를 위해 닭고기가 빠졌군. '서민적'은
아름다움의, 약간만 비껴 미래를 향하려던 전략.
노른자 고스란한 계란프라이 두 알 '호랑이'도
운명의 장난에 달할 것 같다. 젊은 남녀 망년회
단체 손님들로 복고가 흥청거리고 여기서 나의
왕년이 살아난다. 내 평소 단골 술집은 스피커와
흘러간 노래 선곡 짱이지만 비 오면 비 온다고
눈 오면 눈 온다고 늙은 단골들 아예
외출을 안 하거든.

II
어디서 보았더라. 그래. 지금 생각해보면
스스로 촌스럽고 천하다는 걸 알고 더

원색적으로 나아간
선데이서울 방식으로 등장한다, 2010년대 자타공인 최고의
계란형 미녀 김태희. '원색적'이 각각의 원색으로
내려앉으며 멀쩡해진다. 1970년대 아니고 지금
아니고 시대 아니고 시대 속으로
시대를 능가하는 원색이다.
여성 속으로 여성을 능가하는 아름다움이다.
찬탄, 키 작아 닿지 못하고 팜므파탈, 늙고 낡은
마녀에 지나지 않는다.
쾌락도 타락도 여자가 백배 유리하지 여성 상위도 모르고
그냥 자빠뜨리려는 수컷들 하여간 게으른 것들은.
몸을 박차고 나오는 여성을 박차고 나오는 몸을
박차고 나오는 여성 언어를 가다듬어야 하지 않겠나
때로는 스스로 불쌍해지면서 말이지, 그 말 이제
오래전 딴 세상 같고 뜬금없다.
전혀 생각나지 않는다 그 광고,
내용은 물론 이승이. 순간은 물론 시간이.

III
와보니 저승의 일도 참 슬프군.
그쪽에서 우리가 했던 언약에 교통편이 없었다.
성별도 교통편이 없었다.
전생의 인연으로 우리가 만난 것이라 했던

그쪽이 더 멀쩡했던 걸까, 더, 무지 슬펐던 걸까?
징표는 무생물이라 든든하다 했겠으나
이곳이 무생물 세상이다.
확률도 없다.
저승의
일만 있다.

IV
가령, 사진을 들여다보다가
우리는 이렇게도 생각한다. 그렇군.
생로병사가 일상이군. 생로병사 일상. 그리고.
생로병사의
일상이 비극이군. 일상 이상도 이하도
이외도 아닌
'음악적'이 음악보다 '미술적'이 미술보다 더
상투적이고 '상투적'이 물론 상투보다 더
상투적인, 적(的)이
성(性)인
일상. 그리고 끝까지 느낌표 없는
아하.

택시기사들, 파업은 시청 앞 광장을 1980년대 식으로 꽉
채웠으나 밥줄인 교통로를 참석자

누구 하나 침범하지 않았는데 서울-경기도 표지석, 고개 돌려 하필 나를 보는 해태까지 갔다.

버스가 잉잉대며 도착한 종점은 술집도, 시골도 없는 후줄근한 어둠의 첩첩산중, 단절 앞에

목욕재계할밖에. 젊음과 새로움의 대변자로만 보면 안 되지. 그는 새로움의 고전주의자다.

2차, 3차로 넘어갈까? 일부,

넘어갔다. 젊은것들과 무단 횡단. 더 넘어갈까,

넘어갔다 다시 올까?

2부

構想의 具象, 혹은 중력의 수평

—**신학철**(1944~) **작, 〈한국현대사-갑순이와 갑돌이〉**(2002, oil on canvas, 130×200cm, 8pieces/122×200cm, 8pieces). **좌에서 우로도 읽음.**

1

온화한 농촌과 대지 어머니의 가난이 내게 물려준 것은 팔뚝이었다 식민지 임신과 해산이 해방과 두 손 맞잡은 팔뚝 골육상쟁 내장과어깨 걷은 팔뚝 눈 귀 없어 흉측한 팔뚝 모내기 중에 신작로 가리킨 어머니 손 나의 오브제 캔버스 위에 유화 소똥 냄새 물씬한 내 고향내가 사는 도시의 환영 꿈틀대는 피난열차 누더기 쌓여갔다 죽고 죽이는 살벌한 초록 뺏고 빼앗기는 난폭한 초록 심었다 내 팔뚝을더 짙은 초록 속으로 뿌리내렸다 있는 곳 없는 황토 고갯길 황혼이들였다 내 마음에 어둡고 낮은 산 변두리와 차단기 없는 평등의 땅나무 조각 위에 유화 어머니는 철들기 전 나를 덜컹대는 버스 태워서울 보내셨지만 그 숲속의 소리 Installation 질경이 종이 위에 잉크

2

그것은 주먹, 내 심장에 내 여인 곁에 가득찬 아우성 형상 이전 형상 문법 이전 문법 바글대는 생이 모른다 죽음이 아는 자신의 정체를 세상이 늘 열린다 하루아침에 산동네 고유한 울음과 웃음이 각각 지운다 제 얼굴을 고난 있고 등장인물 없다 오르막 골목과 별 있고 하늘이 없다 어디까지 내려가는 길을 알기에 생계의 개미집 저리 파고드는가 군집으로 군집을, 생계가 생계를 이룰 뿐이고 군집이 군집을 낳을 뿐이라는 듯이? 여보. 사랑이 바로 사랑 이전이다 서로 그리운 뜨거운 짐승이 울부짖는 남남북녀 이팝에 고깃국 휴전선 가로막았다 철통 같은 태세로 가로막힌 것이 가로막았다 사랑을 할미꽃 목판 생명보다 먼저 딱딱한 땅이 되다 종이 위에 아크릴

3

꼭대기에서 드러나는 형상은 늘 죽음 편이다 아무리 목숨의 불꽃
던져주어도 철기 시대 공포가 요상하다 울음이 울음 떠메고 우는
통곡하는 추모 행진이 또 가로막힌다 열리는 포문을 받아들인다
캄캄한 하늘도 없다. 우리들 노동의 번화가, 번잡하고 누추하단들
붉은 깃발, 죽음의 끔찍한 외영을 더 과장하는 양식에 불과하다니
품으라 생이여 생의 죽음을 죽음이 죽음의 죽음을 품을 수 없을 것
죽음은 나라는 의문부호 품고 더 검어질밖에 없을 것 어떠한 생의
비유도, 쇳덩어리 컴포지션도 참칭할 수 없고 생이 끝내 죽음보다
뻔뻔스럽게 살아남을 것 우리들의 꿈과 깨어난 하늘, 모양과 색의
계엄령 죽음의 본질은 공포의 요상조차 생의 일색에 지나지 않고

4

그 아래 녹아내리는 섹스에 사랑 없고 환락도 종말의 상상력이고 흘러내리는 형용조차 형용할 수가 없다 모든 형용사가 녹아내려 빨고 핥고 비명 지른다 종말만 고체다 경악의 감탄사도 없다 누가 쇳덩이로 하늘을 가릴 수 없다 했는가 정말 하늘을 보았다 했는가 여기가 지하고 군홧발 천장을 이고 우리가 흘러내린다는 것은 우리가 바닥을 치지 않았다는 뜻인가 아직은 칠 바닥에 있다는 뜻, 바닥이 우리를 덮쳤는데? 고름 질질 새는 시사와 더 새는 시사 풍자 에이즈가 빛의 속도로 나는 슈퍼걸 보이는 빛과 안 보이는 속도의 야경이고 푸줏간 인파고 Collage on collage.당신들 누구요 사진은 왜 찍어 묻는 사람 없다 사태 책임자 진짜 전범들 이곳에 있지 않다

5

주객과 안팎 없이 지리멸렬한 구멍의 쑤심과 나아감 없는 진행형
마침내 구멍의 추악만 있다 추억이 드러날수록 깊어지는 그것은
구멍에서 구멍이 흘렀을 뿐 우리가 태어나기는 했던 것일까 종말
벌써 지났는데 옥쇄가 살아서 벗어날 수 있을까 생각하는 정신의
검은 정물 추상의 자화상이 관뚜껑 밑에서 썩어 문드러지는 내 밑
어렴풋이 느끼는 순간 녹아내리는 형상이 녹아내리는 것 아니고
치솟는 것인 그것이 형용의 반대 형상의 유지고 형상인 순간 생의
악착도 그것을 부추기느라 그것보다 덜 악착스럽고 견딜 수 없는
신생이 흐느낌의 육체를 말끔히 벗고 흐느낌만 남아 육안보다 더
투명하고 귀보다 더 밝은 소리로 되는 소리가 소리 형상을 이루는

6

붉은색 하나 붉지 않더라도 원색과 원색의 이열치열 하나 최악의 최악화 앞당기며 관통하는 노동의 인간화와 자본의 노동화 길을 벗어나지 않았다 잘못 들었거나 읽지 않았다 구상의 구상 미래가 전면 아니라 현재 너머로 있다 아버지가 이 세상 밖으로 추락하고 어머니가 밤길로 쓰러지는 가족의 비상 탈출 너머 지성과 역사의 침묵 너머 숟가락이 엿장수 가위가 연탄십게가 다시 머금는 형상 달밤 뚝길과 바우고개와 풀과 장수하늘소가 풍경 머금은 지 한참 더 뒤에 형상이 역동하지 않는다 역동이다 역사의 형상을 품으며 나아가는 길이 역동하지 않는다 형상의 형상이고 미래인 길이다 누구한테나 어디에서든 형상이 죽음에 대해 오사마 빈 라덴이다.

7

올 길을 온 것이다 공포의 근육이 기계의 공포를 낳고 자본이 공포 기계를 낳았다 자신의 폭거만 뒤늦게 볼 수 있고 곡소리만 뒤늦게 낯설게 들을 수 있는 불쌍한 자본을 구할 것이다 자본 괴물로부터 비극이 제 머리 싸매지 않고 눈을 더 크게 뜨며 닮을 것이다 눈물을 눈물의 근육 입고 스스로 경악의 경계를 뛰어넘고 거대한 바로 그 만큼 인간 마음의 영토를 넓힐 것 출근이 위대한 강철의 노동자가 이제껏 역사와 자본의 진혼곡을 맡을 것이다 나날이 새로운 새벽 찬란과 황혼 장엄 맞으며 우렁차게 근육의 강건한 침묵이 죽음의 진혼일 때까지 깊은 밤 숫자들도 속삭인다 인간 새벽의 별이 지는 촛불처럼 비로소 한 천년 가족의 울음이 무너지지 않고 평안하다

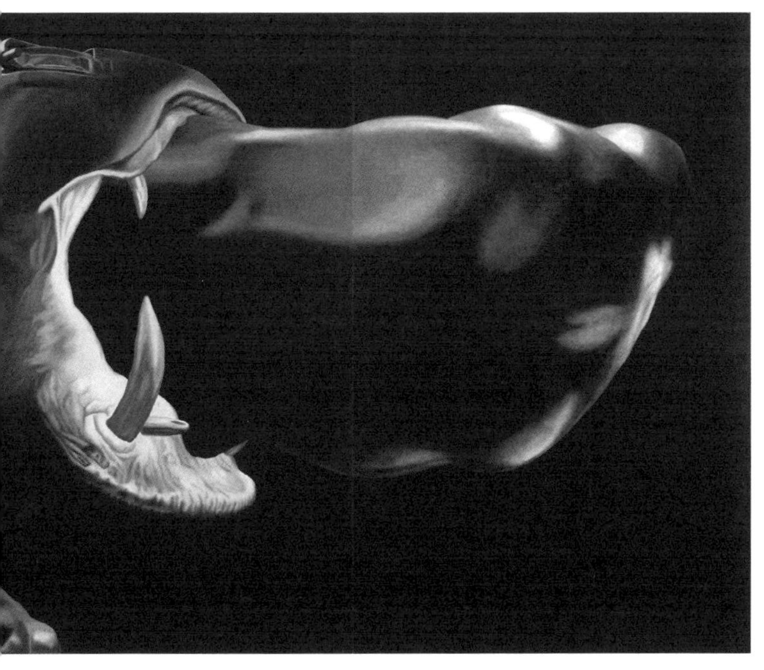

8

구상의 구상은 중력의 수평…… 그렇게 생이 치솟으며 생애 속으로 이야기를 펼친다 한국 현대사가 생이고 이야기고 생애고 형상인 모종의 아가리를 한번 더 꿰뚫고 나오는 원색 형상 덩어리 연속의 생의 단속 없는 음표의 비극 없는, 화음의 중산층 없는 가설 습작의 순환도 부활도 우리가 지나온 생인 형상의 직접과 단독으로 있는 이제는 타는 목마름뿐, 아니라 반체제 항쟁 가두와 불길과 이 한몸 죽어서라도 막걸리 소주병 광주 끝나지 않았다 통일 밭 씨 뿌리는 여인 일어서는 풀 마지막 농부 땅버러지 역사의 용광로뿐 아니라 티끌 하나보다 더 가벼운 죽음의 눈꺼풀 들어올려 낯선 눈동자의 낯선 눈동자 낯선 아름다움의 낯선 아름다움, 배웅 연습을 위하여.

물 지옥 무지개
—세월호 참사의 말

1

자식 잃은 부모들, 슬픔에 희망이 없다. 슬픔을 모르는 자 더욱 희망이 없다.

2

죽은 자 아우성으로 더욱 급구(急救), 급구, 급물살 검은 맹골수로 속 입수 3분 수색 10분 감압 귀환 17분.

3

시신 안고 사선 넘는 잠수부 도로(徒勞)에 희망이 없다. 도로를 도로라 하는 자 더욱 희망이 없다.

4

나라에 국상(國喪)이 있다. 5백 년 전 국상. 나라가 다할 때까지 울어야 할 국상이다.

5

별도의 문상이 평소보다 더 잦았다. 죽은 자가 죽어가는 자를 추모하듯이 새벽길이 문상이고 죽음의 재탄생이고 나의 안방에 쉰내 가득했다.

6

죽은 어린이날이 있다. 죽은 어버이날이 있다. 죽은 스승의 날이 있다. 오 그 밖에 이러고도 세상이 돌아가다니, 우리가 살아 있기는 한 건가?

7

무엇을 했다는 사람들 무엇을 했다는 희망이 없다. 무엇을 하고 있다는 사람들 무엇을 하고 있다는 희망이 없다. 어른들 희망이란 말에 희망이 없다.

8

살아 있다는 우리는 울음의 귀신들이지. 뒤늦은 소문이 거미줄 인맥의 악마처럼 달려들어 울음의 전신(全身)을 물어뜯는다.

9

여기가 퉁퉁 불은 물의 지옥이다. 실종자 숫자가 사망자 수 302*를 향해 넘어가고 또 넘어간다.

10

너무나 지리한 슬픔의 미분(微分)으로 넘어간다. 왜냐면 주검들의 소문만 끝없이 이어진다. 너무나 느닷없는 충격의 적분(積分)들로 넘어간다 왜냐면 끝까지 기적을 포기할 수 없었다.

11

여기가 자가용에 휘발유를 만땅 채우는 숫자로 참극의 양(量)을 잴밖에 없는 디지털 지옥이다.

12

나의 꿈이 살인이고 나의 깸이 처형이다. 떠돌고 밑도는 만신창이 슬픔의 거덜난 생이 시간보다 영영 더 길밖에 없는 지속의 절망이다.

13

이들의 죽음이 있다. 이들의 죽음에 뜻이 없다면 살아남은 생에 무슨 뜻이 있을 수 있는가, 살아온 생과 살아갈 생에 무슨 뜻이 있을 수 있겠는가?

14

어른의 희망이었던 아이들의 그 아픈 무지개가 있을까? 있단들 우리가 볼 수 있을까, 있단들 볼 자격이 있을까?

15

목숨도 살도 뼈도 없고 집단으로 숨이 끊기던
바닷속 아비규환의 고통을
아주 먼 옛날의 아주 희미한 참혹 정도로 기억하는
어린 혼령들 있다.
본능과 인연과 배운 지식과 쌓은 교양과 지닌 덕목이
자연의 사물들 지닌 것만큼 남았다.
그것이 자신들을 자각하는
골격이자 등장이자 정체였다.
'모처럼 시원하군.'
바닷속에서 누가 말했다. 몇이 웅성거렸고 바다에 맨 먼저 떠서 그 누가 말했다.
'올라와, 들. 우린 무지개를 만들어야 한대.'
비가 내리고 그친단들 그들이
비를 타고 올라 공중에
물방울로 떠 있을 수 없다.
바닷속 웅성거림이 충분히 잦아들자 그가 다시 말했다.
'올라와, 들. 우리가 만드는 무지개가
세상 사람들 보는 무지개래.'
……
'그리고 세상 사람들 흘린 눈물이
우리한테 내리는 비래.'

……

'그 눈물을 타고, 올라가는 건 우리가 올라가야지.

올라와, 들. 내가 먼저 누울 테니 내 위로 올라와.'

그 말이 보랏빛으로 물들며 바다 위 궁륭이 되었으나

너무 흐려서 세상 사람들 귀에 들리지 않고

눈에 보이지 않았다.

그것을 타고 오르며 둘째가 말했다.

'보드랍구나 너는. 맞아 허리라는 게 있었어 옛날에……

미끄러지지 않고 한없이 보드랍기만 한……

만져보지 않아도 너무 짜릿했던……'

그 말이 남색으로 물들며 보라색 궁륭에 얹고 얹혔다.

한 치의 빈틈도 없었다.

꽉 채우고 꽉 채워졌다.

그 둘을 타고 오르며 셋째가 말했다.

'다정하구나 너희는. 맞아. 소년과 소녀라는 게 있었지, 옛날에.

터질 듯 두근대는 심장이 터지지 않고

따스한 품일 수 있다는 게

기적 같았던 나날이 있었어……

그건 어머니와 아버지가, 누이와 오빠가, 그러니까 가족의

(맞아 그런 게 있었어.)

사랑이 있기에 가능했을까?'

그 말이 파랑으로 물들며, 자칫

하늘 파랑으로 번지려다 가까스로 응축, 얹고 얹히는

그, 응축의 포옹이

육체 같았다.

그 셋을 한걸음에 뛰어오르며 넷째가 말했다.

'끈끈하구나, 너희는. 맞아, 학교라는 게 있었어, 옛날에……

젊은 생명들이 도약하는 미래 희망의 포근한 울타리였지.

우리는 그 도약으로 울타리 바깥을 내다보았다.

그 바깥세상 너무나 신기했지. 그건 도약하는 생명의

희망이 아름다워서였나,

울타리가 포근해서였나?'

그 말이 초록으로 물들며 네번째 궁륭으로 얹고 얹혔다.

완벽했고, 세상 사람들 귀에 들리지 않고 눈에 보이지 않았다.

그 넷을 기어오르다 굴러떨어지기를 몇 번 반복하며 다섯째가 말했다.

'알 수 없어, 그것 말고는.

옛날에 그런 것들이 있었다는 것 말고는.
울타리 밖은 우리가 나가본 적이 없어.
나갔더라도 나가본 적이 없어. 왜냐면 우리는 어렸으니까.
우린 잘못한 게 없는데……
원망이라는 게 있었던 것 같아, 옛날에.
무엇을 원망했던 것인지 알 수가 없어……'
그 말이 노랑으로 물들며 넷에게 마구 엎질러지자, 넷이 함께 말했다.
'올라가, 올라가. 우린 무지개를 만들어야 한대.'
다섯째가 계속 흐트러지며 물었다.
'누가, 도대체 누가, 왜, 우리가, 왜?'
넷이 순서대로 대답했다.
'세상 사람들한테 어쩔 수 없는 일이 우리한테는 이룰 수 있는 일이니까'
'세상 사람들한테 안 가본 곳과 알 수 없는 것이 우리한테는 시작이니까.'
'세상 사람들한테 생명인 것이 우리한테는 죽음이니까.'
'우리는 앞으로 나아갈 뿐 결코 완벽 이전으로 돌아갈 수 없으니까.'
다섯째가 색을 추스르며 마침내 노랑 궁륭으로 엮고 엮혔다.

그 '마침내'가 마침내 열린
정신 같았다.
각자의 말들이 각자의 색을 더 분명하게 하였으나 세상 사람들
귀에 들리지 않고 눈에 보이지 않았다.
그 다섯을 성난 파도처럼 덮치며 여섯째가 포효했다.
'아냐. 돌아갈 수 있어. 난 돌아갈 거야. 이건 아주 잘못된 거야.
응징이라는 게 있었어, 옛날에……'
다섯이 순서대로 여섯째를 달랬다.
'그걸 우리가 아름다움이라고 부르게 되었단다.'
'우리가 그렇게 부르는 것을 세상 사람들이 실종이라고 부르게 되었지.'
'끝내 죽음이라고 부르지 않게 되었지.'
'가슴에 묻었다고 하게 되었지.'
'슬픔의 힘을 미래라고 부르게 되었지.'
……
다섯이 모두 말했다.
'우린 무지개를 만들어야 한대.'
'그러면 나도 묻혀야겠구나, 너희 가슴에.'
여섯째의 그 말이 주황으로 물들었고 물듦이 얹음이고 얹힘이었다.
그리고 일곱번째

빨강은 여섯이 각자의 색을 더욱 밝히는 식(式)이고 각자의 색이
가장 선명하게 빛나는 결과였다.
그 식과 결과가 무지개의 말이고 보임이고 들림이었다, 세상 사람들
귀에 들리지 않고 눈에 보이지 않는.
맞아, 그런 게 있었어. 옛날에…… 우리를 위한
도로(徒勞)가 있었어. ……그 생각이 무지개의 말이자 보임이자
들림이었다, 자신의 무게를 온전히 벗고 단일(單一)로 펼쳐지기 직전
각 궁륭의 생각에.

무지개 떴다. 해가 맞은편으로 마중 나왔다.
해가 가장 낯익은 동네였다.
눈에 보이는 것이 귀에 들리는 것이고, 귀에 들리는 것이
말하는 것이었다, 세상 사람들 귀에 들리지 않고,
눈에 보이지 않는.
'참극은, 참극도, 지상에서도, 결국은
다른 이들의 생을
화사하게 하기 위해 있는 거겠지.
왜냐면 참극을 초래한 자들이 결국은

참극의 주인공이고 가장 불쌍한 참극이다.'
그것이 가장 낯익은 동네인 태양의 말이자
들림이자 보임이자 들음이자 봄이었다,

16

무지개 뜨지 않았다. 옳은 소리도 진전이 없다. 그러니까 몇십 년 전 오대양 광신도 집단자살이 이제는 아이들을 집단 살해하고 있다고? 뜬소문도 진전이 없다.

17

무지개 뜨지 않았다. 비명만큼 크고 날카로운 새가 통유리창을 스친다. 소조(小潮) 끝나 유속 빨라지고 비가 내릴 듯 흐린 하늘이 퉁퉁 불은 시신 같다.

18

무지개 뜨지 않았다. 조금 더 잘 먹고 잘살기 위해 다름 아닌 나의 영혼을 버리고도 그 사실을 인정하는 것에 내가 이리도 지지부진하다. 영혼이 남아 있나, 부끄러운 영혼이?

19

무지개 뜨지 않았다. 박제된 시간 위로 투명한 어깨들이 고개 숙이고 있다. 늦는 남편이 늦는 아내가 늦는 아이들이 영영 돌아오지 않을 것 같다.

20

무지개 뜨지 않았다. 떴다면 그건 무지개란, 비명을 일곱 단계로 질질 끈 가위눌림이 가위눌림으로 깨어나는 결정(結晶)이라는 소리였나?

21

무지개 뜨지 않았다. 비가 내렸고 평소가 돌아왔다. 그래야겠지…… 그런데 평소가 가장 음란한 포르노 같고, 가장 냄새나는 추문 같다.

22

만연한 죽음 회색을 배경으로 모든 생이 그래 보였고, 그래서 살아 있는 것 같았다. 그래야만 살아 있는 것 같고, 살아 있을 것 같았다. 여보. 저기 빠져들어 허우적대고 있는 거냐, 정말?

23

그럴 것 같고 그래야 할 것 같았다. 왜냐면 모두 모습을 드러냈다. 다름아닌 나의, 다음 아닌 내 몸안의 온갖 악마들이. 이런 식으로라도, 정화(淨化)할 필요가 있다는 듯이.

24

무지개 뜨지 않았다. 살아서는 너무 뒤늦었다. 죽음의 등장과 등장인물들만 보인다. 모두의, 비명횡사의 뒤늦은 등장이 비명횡사의 뒤늦은 등장을 모른다.

25

살아 있다는, 아비규환만 있고 살아 있다는 아비규환의 뒤늦은 등장이 뒤늦은 등장을 모른다. 이유가 있어야 하잖아, 이유가. 이유 없이 어떻게 살아 있을 수가 있지? 뒤늦은 이유들의 등장이 뒤늦은 등장을 모른다.

26

무지개 뜨지 않았다. 열 달 품어 낳은 자식인데 열 며칠 만에 인양을 할 수는 없다…… 실종 학생 부모의 절규가 절규의 뒤늦은 등장을 알 수가 없다.

27

무지개 떴다. 무지개 떴다. 여기가 물 지옥, 퉁퉁 불은 무지개 떴다.

28

울보들아. 울 수 있다는 게 얼마나 다행인가. 울어보자. 울음이 무지개 일곱 빛깔 찾아줄 때까지.

29

내 이름은 세월호 참사. 울음이 나라의 한몸일 때까지 울어보자.

30

무지개 떴다. 무지개 떴다. 여기가 물 지옥, 퉁퉁 불은 무지개 떴다.

* 이 시는 2014년 5월 5일, 그러니까 참사의 수가 뒤늦게, 어처구니없이, 그러므로 더욱 지리하고 더욱 지리한 바로 그만큼 더 끔찍하게, 304로 변경 확인되기 전에 쓰였다. 그때까지 그 두 사람, 어디서 무얼하고 있었을까?

최근 미국 사정
—그리고 슬픈 순간의 영원, 1990**년 서라벌레코드사 발행**
〈The Classic Collection On Melodiya Of The USSR〉

1

겹쳐서 못 간 예술의전당 전시회 오프닝과 그래서
간 가나아트센터 결혼식 피로연이 있고 향긋한 시
소설 여성의 장소가 하루아침 그렇게 겹치고 회고가
늘 전(展)에서 전(戰). 애써 부른 상상력도 전쟁이
화려의 고층으로 치솟는 최근 미국 사정이 있다.
늙음이 무슨 노릇? 모른다. 어느 때 전쟁도 평화를
위한 것은 없었다, 그 사실 너무 명백하고 노병이
모른다 우물 깊은 까닭을. 김수영 기침의 뺨 싸대기를
갈겨야겠지 호탕한 가래가 호탕하게. 베토벤 기분이
영 드럽다. 이런 천박한 디아벨리, 벼락부자 새끼……
돈 자랑에도 예술 경지가 있다 이거냐? 그렇게 쓴
음악이 2백 년 전에 앞으로 2백 년을 변주한다.
가구장이들 막간 뒤집은 간막의 무늬 짜는 소리. 전
세계의 미국 대통령, 친애하는, 친애하는, 친애하는
에서 끊긴다 연설이. 말은 평화의 말이고 평화시에만
말이 되거든. 아무리 거대하고 길게 이어져도 전쟁은
의성과 의태뿐이다. 이야기가 가까스로 연옥의 조난
신호에 달하는데, 이상한 모임이고 지붕, 홈통 같은
단어에 한참 못 미치고, 그래서 거대하기도 하다.
신대륙, 그 생의 왕성한 낯섦. 그게 언제였나 아니
돌이킬 수 없게 된 지금 비로소 보이는 건가? 고질이다
두려움이, 살갗보다 더 낯익고 식량보다 더 집단적.

우울하고, 축 늘어져 낭떠러지도 없다. 명명의 역사
앙상하다. 산맥이 있기는 있었나? 2달러 지폐 행운이
그나마 번듯한 개인을 부추겼다. 사람이 다 사람인가
사람이라야 사람이지…… 도대체 말이 안 되는 이 말이
말이 되다니. 이야기들이 몸을 숨긴다 그렇게 제 몸
속으로. 포스트모던은 죽음의 그림자의 그림자만 본
거야, 제국의 식민지가 제국을 능가하는 제국으로
태어나던 그나마 역사도 끝나고 미래의 참사가 쌓여
간다. 터무니없을 정도로 복잡하고 심오하고 거대한
그리고 파괴보다 더 미세하고 정교한 붕괴의 비유로.
고대 그리스 언어는 정관사가 너무 무거워서 낭만이
불가했을 것 같지 않니, 처음부터? 그림자 아닌 실물
(주검 아니라) 죽음을 봐야 해. 그게 지금 현실의
가장 중요한 물증이다. 어릴 적 살던 동네의 오랜만
잔존이 빈부나 민속과 상관없이 우리에게 일깨우는
감회와 상관있는, 그것 없이는 미래의 참사, 백년
대계의 비유로 격상될 수 없다. 죽어서 설령 이승에
돌아온단들 구경할 뿐이다 유튜브 옛날 영상 장면,
장면들처럼 돌이킬 수 없는 나의 단 한 번 장면,
장면들을. 하긴 벌써 돌아온 것인지도. 유튜브
그 모든 사람들의 단일 죽음으로 돌아와, 그 모든
단 한 번 장면, 장면들을 구경하는 것인지도. 그게
사실 생인지도. 생과 죽음의 구성이 복잡해지는 그

순환이 생일 수도. 생이 바로 시간의 공간일 수도
망막과 고막에 남아 있는 것이 진짜 남아 있는 것이고
그것이 죽음일 수도. 가슴에 남아 있는 것만 생이고……
오류라는 말, 뜬금없다. 내게 전달되지 않은 편지
한 장이 내 운명을 갈랐다니. 분명만 분명할 뿐
내 운명이 그리 하찮았다는 거냐? 습관이라 정체를
알 수 없는 죽음의 시시각각이 무대에서 제 악보를
손 하나 까딱없이 연주하는 중. 도자기 인형들이
자기들끼리만 남아 화재 비상구도 소품이다. 시대별로
유물이 유난을 떨지 않는 묘지는 초음파 검사중.
믿을 수가 없다, 슬픔이 아직 슬프다는 것이. 행복이
아직 행복하다는 듯이 말이지. 하바나가 쿠바 수도
였어? 그 질문 일화(逸話) 같다. 미사일 위기가
정말 마지막으로 따스한 말. 핵전쟁이 안 났는데
오르가슴만으로 대체 무슨 일이 벌어진 거야? 어떤
풍경이 가장 심오한 자화상을 이루더라도 그 자화상이
가장 미세한 글씨를 이루더라도 21세기 지금 미국을
아름답게 할 수 없는 최근 미국 사정이 있다. 모든
통계가 벗어나려 하면 할수록 운명적인 통계학. 모든
학문이 벌써 죽음의 물리학일 것 같아서 환경론자들이
위협은 모르는 사이 한꺼번에 생명 전체가 사라진다는
남은 유일한 위안에 달한다. '숨쉬기의 수학'이라는
미국 시인 시 제목이 있었을 것이다. 가을의 요람,

대홍수에 어디까지 내려갔는지 이제사 알 수 없지만
도착한 곳이 모종의 시작이었으니 우리가 여기 있을 것.
최근 미국 사정. 끔찍하게 지겨운 시간이 끔찍하게
두터워진다. 오 피비림이 학살당하니 피비리지 않다고
안심하는, 은밀한 도청의 시간. 듣는 귀들이 스스로
듣는 내용 모르고 스스로 듣는 사실 모르고 쭈뼛쭈뼛
곤두서는 광경을 보리라, 공포 없이, 공포가 마지막
은총인 것 모르고 보리라. 바야흐로 자연 생명도
뒷말이 앞말을 잡아먹는, 전 세계로 번지고 하루
아침에 겹치는 최근 미국 사정이 있다.

2

스스로 미완과 무명을 슬퍼하는 타자, 슬퍼할 자격이
없다. 스스로 슬픔을 요하는지 알 수 없는 까닭.
감동할 의무 있다 그 둘이 서로를 아우르며 완벽의
빛깔을 빚는 광경에. 가장 슬픈 순간의 영원이 있다.
현실 아니라 우리가 이상으로 물들였던 그곳에 레닌
광장 레닌 묘 신혼부부가 결혼식 차림으로 헌화한다.
통통하게 억센 여자와 각지게 억센 남자다. 붉음이
그만하면 되었다는 듯이. 전쟁의 묵음(默音), 그만하면
평화의 묵음이라는 듯이. 계절이 농촌과 도시 사이 공포
습관을 지우는 음악이라면 그만하면 되었다. 그리고
가장 난해한 것은 메시아 자신이다. 태어난다는 건

쪼잔한 일이지, 아무래도. 시간의 근면에 시달리다니.
눈 내린 레닌그라드 강변 고단한 고속도로 클로즈업한
크렘린 궁의 원형 탑시계 아래 붉은 광장 나들이
가족들은 가정 행복의 불안한 수평이 사방으로 펼쳐
지는 와중 쭈볏쭈볏 굵은 수직들이 치솟으며 행복보다
더 중요한 모종의 튼튼이 있는 모양. '중요' 대신
'소중'이면 모양은 아주 깊은 슬픔에 아주 가까운
튼튼이. 바이올린은 갈수록 도시적 아니고 (의외지.)
붉은 광장 홀로 가방 든 몇은 사랑이 행복한 것만은
아니고 사랑도 쇠락한다는 생각 너머로 퇴근하는 붉은
광장 여행객들이다. 그리고 밤이다. 슬픔의 구축이고
그 구축의 반복이고 그 반복의 방향이고 그 방향의
심화인 그 심화의 숨죽인 울음이고 위대인 밤이지.
은은한 색색 창 불 켜진 연보라 공동주택단지 눈 쌓여
빗금 그은 지붕들. 좁은 골목에 숨은 옛날의 대저택
깨끗한 공장 지대. 판타지가 슬프지 않고 판타지할
밖에 없어서 슬픈 거지. 술집은 소비에트—전형적인
중년, 피아노 치는, 술꾼. 주눅든 사내와 붉은
붉은 원피스 흰 얼굴이 당당한, 뚱뚱도 당당한,
아줌마, 육체의 대문자 S가 영혼의 소문자 sexy
너머 동화(童話)의 위용인. 위험한 위용이지. 초록
동화는 우리들 희망이 이런 거였냐는 질문으로 목각
활자 인쇄 운명을 벗은 적이 없다고. 그 밖으로

튀어나온 열정이 자칫 수천만 명 피를 마시며
득세하는 민요를 이상의 이성이라고 우길 뿐. 론도에
밤의 고속(高速)이 있고 슬픔의 사후(死後)가 없다.
새장 속 비둘기 쳐다보는 원로 공산당원들 동전 훈장
삐까번쩍한 제복도 벗었다. 자신의 젊음이 아무리
격동했단들 이젠 누구나 젊음이 격동이다, 내밀의
클로즈업으로만 보이는 불꽃놀이 밤하늘 수놓을 때
이마에 주름으로 말이지. 다행은 젊음에서 살아
남았다는 다행이고 그 기억이 이만큼 진정되었다는
다행이고 젊음이 어떤 뜻으로든 동화였다는 다행이고
사후가 최소한 동화는 아닐 거라는 다행이다. 씩씩한
서곡들의 감격을 모은 합창이 텅 빈, 환경미화원들과
함께 휩쓸려 사라진 야경의 눈 덮인 대로를 밝히는
가로등과 홍일점으로 날씬하게 기우는 기념탑 삼각의
솟음이 원근법을 허무는 정도일 것이다. 나무들 원래
검고, 강 건너 섬-마을들 혁명 전에도 각각 살림이
동심의 영역이었다. 동심 속에는 동화가 없고 완강한
실내가 더 안온하다…… 그 노년 환상도 동전 제복처럼
벗, 고, 벗어난 게 다행이라고 생각할 때가 있겠지……
문득 창밖에 눈보라. 전철 타고 올 늙은 마누라
걱정하는 행복을 기대하는, 그 달콤한 슬픔은 무리.
역사의 패자도 죽기 전에 너무 많이 죽였다는 슬픔으로
역사가 흐르는 시간을 다 거칠 수 없을 것이다. 슬픔은

때로 햇빛보다 더 쨍쨍하다. 백 년에 걸친 베트남
반제민족해방전쟁, 인민이 야음을 틈타 과장 없이
전국의 의용(義勇)을 한 치 빈틈없이 비밀리에 묶은
젊은 감격의 승리한 울음과 무능한 당(黨)이 가난한
인민에게 '인민이여 당이 잘못했다' 용서를 대낮의
플래카드로 비는 도이모이의, 늙은 그후의 승리한
울음보다 더 쨍쨍하다. 뭐 아직은 내가 살아 있는 게
분명하다. 멸망한 제국 궁전의 아름다운 비만(肥滿),
비엔나왈츠가 여직 어디서나 낙천적이니. 그나마 남아
있는 논리다. 역시 아줌마들 강적이야, 모스크바 한
가운데 지중해 끓인 흰 김 뿜는 온천 목욕 안개 속
경보등 머리에 방수포로 쓰고 수영하는 소비에트의.
대형 빵집 실내 카운터 앞은 부유한 행렬의 아줌마들,
아줌마들만 행복하지 않고 아줌마들 집단이 소비에트
부유한 행복 전체를 왁자지껄 아줌마들 집단성으로
표상하는 소비에트의. 원근법 다시 무너져내리지,
레닌그라드, 집단적으로 내린 눈이 집단적으로 검은
나무들의 헐벗은 권위를 덮으며 드러내는 소비에트
집단의 멸망 너머 집단적인 소비에트의.

3

자연의 비유 너머 석류 같은 소름, 미래의. 메조
소프라노 깊을수록 음울해지는 게 낫고 맞다. 죽음의

비유 너머 정육점보다 더 시뻘건 가슴뼈 침대, 환상
낙원의. 최근 모든 사정이 최근 미국 사정을 가파른
속도로 따라잡고 있다는 것이 가장 절망적인 최근
미국 사정이다. T자를 가운데 품고도 완만한 몽테뉴
어감을 닮아가던 거 아니었나? 뒤늦게 그렇게 물으며
임종(臨終)이 자신의 너무 낡은 옷을 덜거덕거린다.
너무 우스꽝스러워서 가장 절망적인 임종이다. 어떤
사소(些少)도 끼어들 수가 없지. 어떤 눈물도 끼어들
수 없는 비극 그것보다 더 가혹한, 왜냐면 거울 면
명징의 명징한 우스꽝이다. 폭설도 허리케인도 소용
없다. TV 화면에 묻어나는 잡담. 도움이 도움으로
보이는 단계를 지나 도움이란 말 뜻 까마득한 경지도
지나 도대체 얼마나 거대하게 낡은 임종이 얼마나 더
거대하게 낡아야 비명이 비명으로 들리고 임종인 내가
임종인 나의 정체를 알 수 있는 거냐, 언제 임종인
내가 임종에 임재할 수 있냐고 도대체? 가파르게
자신을 따라잡고 있는 모든 사정보다 더 늦게 그럴
거라는 예상이 소비에트 멸망 이후 악화한 최근 미국
사정이다. 멸망과 악화는 상관이 없다. 그런데도
최근 미국 사정이 소비에트 멸망을 신발처럼 신고
급기야 무슨 수의나 되는 것처럼 입고 다닌다. 멸망
하지는 않는 까닭을 도무지 모르겠거든. 소비에트가
멸망한 까닭의 참혹이 너무 분명하거든. 문득 참혹이

지지부진하게 어긋나기만 하는 죽음의 난해를 꿰뚫지
기념비적으로. 전쟁의 유일 가능한 환상. 죽음의 완만,
그리고 미소의 직선화, 고졸(古拙)의 완벽에 이르는.
얼굴이 없어야 좌우대칭이 완벽하다고 말하는 완벽의
완벽한 사정도 있지만 누구나 자신의 생 밑바닥이
밑바닥이라 누추하지 않고 생이라 누추하다는 것을
알고 입는 수의도 있을 것이다. 그때 누추야말로
자연의 총천연색이다. 최근 미국 사정이 그럴밖에
없는 그 사정이 소진될 때까지 앞으로 나아갈밖에
없는 그 사정의 사정이 돌아갈 수 없는 다리〔足〕의
교량인 최근 미국 사정이 있다. 돌아가자구? 그건
또 얼마나 광포한 인간의 폭력인가. 최근 미국 사정
그 시신을 떠메고 세계는 더 나아가야 한다. 홀로,
사람인 책임을 지고, 자연-동물 친화 아니라
죄의식을 인간 거룩의 단초로 삼고, 혁명 기억의
타락을 나는 믿겠다. 낭만 도피 그후 내리는 비의
을씨년 숭한 냄새를 믿겠다. 미래로서만 가능한
아침 바다를 믿겠다. 미래의 홍조를 믿겠다. 단 한 번
해후를 믿겠다. 잊힌 위대한 피아니스트의 잊힘과
위대함을 믿겠다. 그래도 좋았던 순간의 억만 년
무지개를 믿겠다. 영원한 빛 아니고 수천 년 찬송
아니고 정말 아무것도 없이 죽음 앞 대지로 돌아가는
그것을 믿겠다. 어처구니없는 죽음 직전 시간의

색이, 음정과 화성이, 기법의 사고가 변하는 물이
들려주는 진혼곡을 믿겠다. 죽음 이후 죽음의 거룩을
믿겠다. 산 자에게 죽은 자 무덤이 아름다울 날
보이지 않는 소리와 들리지 않는 풍경을 믿겠다.
작별하는 슬픔의 진정을 믿겠다. 조금만 더 가면
최근 미국 사정의 죽음에 이런 믿음 있을 것이다.
그때쯤이면 우리의 사정 다르지 않을 것이다. 비유
될 수 없고 발 없는 죽음의 발 달린 비유가 바로
유토피아다. 내밀(內密)은커녕 산술의 소란 벗을 수
없지. 그러려면 먼저 짐승 언어의 훨씬 더 시끄러운
감동을 배워야 한다. 피비림에 짐승의 온기가 없는,
유년 없는 어른이 자신의 유년 언어로 가장 유년인
미래의 육체를 난도질하는 잔혹 동화가 죽음을 자꾸
미루는 최근 미국 사정이 있다. 시도 때도 없이
모가지가 잘려도 치어리더가 피를 뚝뚝 흘리며 살아
있어야 하는 잔혹 동화다. 악화일로일밖에 없다.
그래야 한다. 그래야 하는 최근 미국 사정이 있다.
우리 발등에 불로 떨어졌단들 끄지 말고 가야 하는
아니 벌써 우리 뒤에서 우리를 쫓고 있단들 계속해서
가야 하는 최근 미국 사정이 있다.

4

흰 발레복, 나중 출연의 드러난 등이 최대로 확대된

직전, 출연의, 공연 무대 뒤 일렬, 초조한 후대의,
초조가 화기애애하고 아기자기한. 멸망은 다른 나라의
방탕한 소문. 부모가 전할 것도 스스로 마음의
준비를 할 것도 아니지. 인기 연예인 사망 소식
정도. 요절은 아니고, 자살도 아니지만, 조금은
급작스런. 하긴 이 사진. 멸망 이전이다. 멸망을
보는 것은 멸망 이후의 나지. 나 아니라도, 멸망
이후가 멸망 이전을 볼 뿐인 것이 멸망이고, 멸망
이후가 멸망 이전을 좀더 깊게 보게 만드는 멸망의
베테랑을 우리가 고전(古典)이라고 부른다. 붉은 땅과
평행으로 발을 구르며 보폭 맞추어 붉은 땅속으로
기어이 행군하는 사내들 역사의 만용을 덮느라 후대
아이들과 현재 여인들이 붉은 장미로 화사히 피는
멸망의 고전을 어느 역사 관광 역사사 따위가
설명해주겠는가. 멸망은 가장 슬픈 순간의 영원,
최근 미국 사정의 양식(糧食)이고 양식(樣式)이고
후자가 더 중요하다. 각 변(邊)이 잉잉대는 선율의
오각형, 활처럼 휘는, 튼튼한 절망이 너무 튼튼해서
아름답고 왕성한 절망이 너무나 왕성해서 아름다운
양식이다. 털모자 쓴 거리의 초상화가들 사라지고
더 칙칙한 업종도 사라지고 밤의 어둠이 깊을수록
붉음이 도드라지는 모스크바 야경의 크렘린. 거인
셋. 어른 하나. 양쪽에 아이 하나씩. 소비에트

멸망이 소비에트보다 훨씬 더 길게 이어지는 현대의
잔혹 동화를 벗는다. 아침이면 듣도 보도 못한 멀쩡이
멀쩡한 깊이를 햇빛으로 심화할 것이다. 가장 어려운
일일 것. 왜냐면 광기는 천박하고 멀쩡은 생의 최초
순수의 비극의 명징. 생이 이어지고 쌓여온 역사가
아무리 길고 높단들 그 명징의 깊이를 괄목상대할 수
없다. 길고 높은 자신의 흐림을 확인할 뿐. 흐린
역사가 돌아가지 않고 나아가며 자신의 눈꺼풀과
흐림의 망막까지 벗겨지는 아픔도 잊고 벗겨진 어색도
지나 벗겨지고 난 상쾌만 남아 있는 게 멀쩡이라는 것을
알 수 없을 만큼 역사가 흐리고 그런 역사가 계속될
것이라는 사실이 멀쩡의 생, 최초, 순수, 비극,
명징을 심화하겠지, 생이 명징의 깊이일 때까지.
밤이 더 깊고 붉음이 더 도드라져 판매대에 업종의
흔적이 없다. 대저택에 귀족의 흔적이 없다. 볼쇼이
극장 내부 관람석과 천장 붉은 별에 공산의 흔적이
없다. 거대하게 웅크려 현실의 밤을 엿보는 또다른
밤의 소리 없는 교향곡에 과거 역사의 흔적이 없다.
우리가 물려줄 것은 과거 역사가 아니다. 그 지혜
아니고 필멸의 인간이므로, 멸망의 반면교사 가르침도
아니다. 우리가 물려줄 것은 멸망의 걸작이다. 딱히
무슨 예술 얘기가 아니지. 스케이트장 같은 모스크바
붉은 광장에 스트라빈스키 페트루슈카, 원래 없었던 듯

흔적이 없고 나는 물질의 물질적인 걸작을 말했다.
대낮 거리를 꽉 채운 인파의, 건물과 유리 진열창의
걸작을 말했다. 소비에트의 대낮 아니라 거꾸로 아니라
대낮인 소비에트의 걸작을 말했다. 있을 수 없기에
더욱 물질적일 수 있는 그래서 닥터 지바고와 라라는
물론 로미오와 줄리엣도 물질적일 수 있는, 발레 그
자체인 소비에트를 말했다. 대중의 위대한 물질성
그것을 말했다. 그 타락인 대중성을 말하지 않았다.
야경의 야경은 선이 굵어진 혁명군 노인 요양소.
멸망 대신 늙었으니 그들의 노년 쓰라리겠으나 대개는
지도(指導)의 잘못이 없는 사병들이다. 먼 옛날
눈앞에서 사람들 그리 많이 죽었고 사별이 가슴에
아무 통증 없을 정도로 두텁게 쌓였던 것이니 이제는
잘할밖에. 따스한 작별 누릴밖에. 그것도 고마운
자격이라 생각할밖에. '밖에'들의 그 너그럽고
유순한 치매 앞에, 서양 현대 파탄의 그 어떤
유난도 손주 재롱이다. 노동자 계급이 바로 계급 극복
이자 탈(脫)계급이었다는 아주 오래된 기억도 희미한
재롱. 노병이 죽어 있는 것이 아주 편안한 미래에도
주근깨 짓궂은 러시아 아이들의 재롱. '조심해,
다른 일곱 광대를 꾀로 속여먹은 광대가 있다니까?'
두개골이 명징해지는 그 음악에 서양 연주자들 환장
하지. 어떻게 해야 연주의 껍질이 벗겨지는 거냐구.

5

일몰이 경외 성경이라서 경외가 늘 경외(敬畏)다.
비(非)인간의 경. 도시가 짐승 눈을 뜨면 정치학도
얼마든지 경외일 수 있다. 짐승들 순하지 않다,
밤이면 나무, 구름과 더 잘 어울릴 뿐. 어울림의
기이(奇異)가 무르익는다. 그들에게 과거와 미래
아니라 시제(時制)가 없어서지. 여지는 얼마든지.
늘 경이(驚異)에 늘 초점을 맞추니, 비유의 거리가
인간보다 더 멀걸? 배후도 없이 지금 없는 것 거대
하다. 담쟁이덩굴 기어오르는 것 자체가 생각이고
세계고 기어오르는 벽돌담은 서정시겠지, 각운이
어설플 리 없는. 육체가 손쉬운 기억이고 방향이
길이라서 세상의 모든 아침. 밤은 아무래도 밤마다
불협화 없는 이질(異質)의 임신. 하나, 둘, 셋
잎새가 늘어난다. 관측할 수 없고 셀 수만 있다,
어둠의 몸안으로 시간은 건망증이라는 물질이다.
고유명사 없는 출산. 흔히 철학으로 불리는. 마음도
물질이야. 정신은 이물질에 아주 조금 더 가깝고.
혹시나, 꽃? 말 마라. 내 안에 미친년, 꽃말은,
내가 세계와 하나이기 전에 세계가 나와 하나라는,
미친놈. 시간은 누드 은유와 상징, 당대는 시(詩)
론이다. 회고와 전망이 없을 수 있다면 시론(時論)
이래도 차선은 된다. 악보 없이 노래 가사만 모은,

두께만큼 말라비틀어진 책이 악보가 없기에 말라
비틀어졌다는 생각이 금물. 그건 장르 너머 생활의
문제다. 권리가 사막의 등이고 목마름을 모르니까
장자(莊子)가 혼동의 통합을 모른다. 그렇다 목마름,
기쁨의 뿌리다. 삶과 언어 사이 건널 수 없는 간극이
문법의 내재를 심화하는 식물 생명 방식 그 사전에
포스트모더니즘이라는 단어가 없다. 저질러진 뒤에도
없다. 저질러졌어도 그냥 인위(人爲)의 인위의 파탄
이라는 거지. 어이 좀 잘해보지그래…… 그 말보다
조금 습기 찬 단어 '한숨'이 대신 들어갔다. 그 말도
조금 억울하네…… 현기증은 나의 사치. 식사(食事)
라니. 몸이 내게 과욕이고 다양(多樣)이 총천연으로
되는 과정이 나의 생명이다. 진짜 홀로고 전부고
전체인 자, 울지 않고 웃지 않는다. 그건 부러
꿰매는 일, 이슬 맺지 않는 일. 비트겐슈타인도 식물
이름이다. 가장 최근의 망명. 그리고 동물과 달리
과거인 식물과 미래인 식물이 있다. 최근 미국 사정
그것 최후의 발견. 발명의 유럽은 이미 끝났고.
자본 아니라 자본론의 악화인 논쟁의 지갑이 갈수록
멸종당한 동물의 과거로 채워진다. 멸종이 인간의
책임이라는 말의 단순 반복이 참회를 모르는 최근
미국 사정이 있다. I'm sailing, I'm sailing, 목청과
음정 높여 노래 부르는 표류를 여가 선용으로 아는

참으로 한가한 최근 미국 사정이 있다. 생명이 잎새의
섬세 복잡 망(網)이고 그 방식이 천년의 하루인
자신이 집이고 세상인데도 숲을 이루는 그 친절이
스스로 어리둥절한 그 식물 생명 방식을 한가하다
하면서 밤의 공포에 휩싸이는 최근 미국 사정이 있다.
도처 숲이 도처 밤이고 밤이 부비트랩 전쟁이고 불면의
낮은 전쟁이 전쟁을 사산하는 악몽인 까닭. 인간의
평화라는 말, 말이 안 되는 까닭. 인간이 짐승보다
못하다는 말도 말이 되지 않는다. 전쟁은 애도를
모르고 애도 없이 말이 되는 의미 자체가 없다.
전쟁이 죽음을 능가하는 광경이 멀쩡해 보이는 안방일
망정 그보다 못한 외계인 침공의 할리우드 블록버스터
TV 화면 밖에서 멀쩡해 보이는, 최근 미국 사정에
있는 광경이 우리 안방에 있다. 그것을 바라보는
식물 속 세계가 아직 숨죽일 줄 모른다. 죽음도
인간의 용어일 뿐인 식물 생명 방식이 있다. 죽음을
인간의 전쟁으로 배 터지게 만든 우스꽝스럽게 만든
최근 미국 사정이 있다. 식구들이 잠든 나의 새벽
두시 안방에 있다. 그리고 나의 마루에 난초가 모두
죽은 서재에도 식물 생명 방식이 있다. 방식이 바로
생명이고 식물이라는 말도 되면서 있다.

6

소비에트 음악이 소비에트 멸망을 미리 품고 명징하다.
입영 군인 처음부터 끝까지 입영 군인이고 귀대 군인이고
애인과 어머니고 작별인, 한없는 슬픔도 명징한
멸망이고 멸망의 고전인 음악이다. 처음부터 평화의
묵음(默音)이었던 것은 아니다. 생의 끝까지 공포의 습
관은
고쳐지지 않는다. 오죽하면 살림이겠는가 생 아니고
공포 습관 번역이겠는가. 억하심정을 아예 자연의
엄혹으로 승화한 초절(超絶)의 고음이 있었다. 소리와
음향 사이 엄동설한 지금도 있다. 참혹한 역사가
참혹한 자연과 참혹으로 화해한 문자가 있었다. 지금도
있다. 알 수 없을 정도로 얼음인 말, 알 수 없을
정도로 불〔火〕인 격정이 있었다. 지금도 있다.
안온이 아슬아슬한 일상의 전면을 삽시간 소리 없이
무수히 금 가게 하는 검은 눈썹 얼어붙어 하얗고
더러운 외투 얼어붙어 더 더러운 방문이 있었다.
지금은 없다. 억세고 따스한 억양의 따따부따가
그 대신 있다. 자연과의 완벽한 일치가 성(性)의
두려움과 야만을 누그러뜨리고 남은 한탄이 자연의
사정을 두루 달래며 신성화하는 중세 음악 있었다.
지금도 있다. 개인이 그 속으로 아름답게 위축되는
민요가 있었다. 아직 회복되지 않았고 대신 사랑

이야기가 네 겹 여덟 겹 열두 겹 사랑 노래다.
슬픔이 찢어지는 경악의 응결과 응집이 있었다. 지금은
울음의 따스함이 얼어붙는 일만은 어떻게든 피하려
하지. 질투의 냉혈을 뚫고 나오는 아름다움도 사양.
아이들이 알고 있다. 국적과 풍토의 미래를 고음의
광대 웃음이 끼어들 수 없는 어둠을 알고 있다.
그리스에서 러시아까지 문자가 모두 오르페우스 죽음.
지금은 죽은 연주자의 연주회 전집. 죽은 영혼이
죽은 자신을 달래는 선율. 마침내 홀로의. 죽음과의
화해 아니라 전유(專有). 얼어붙은 원근을 최초
용인하는. 마지막 눈물의, 첫 순수 비극 민주주의와
엄혹으로 더 부드러워질밖에 없었던 첫 모성의 마지막
순수비극 민주주의 사이 '구(舊)소련 연주 거장들을
보면 자존심을 지그시 누르는 표정에 그것 참, 좆
되어버렸네, 뭐 그런 생각이 묻어나요. 철없는 생각
이지. 인민의 고생을 모르는.' 아니다. 최근 미국
사정이 느끼는 것은 전쟁의 묵음인 평화가 멸망을 겪은
평화의 묵음 앞에서 느끼는, 자신의 그후에 대한
외경이고 그것이 갈수록 자신의 후대일 수 있다는
희망의 물질성으로 전화한다. 복잡할수록 명징한 희망의
그 명징으로 ~스키, ~세프, ~노프가 무르익으며
살아 있는 나날이 나날의 경이인 세대와 세대 말이다.
아직 가난의 공동체를 닮은 그 밑에 생명 몇억 년

굶주림의 살생을 닮고 전쟁에 물든 성욕이 말씽의
웃음으로 바뀌더니 오, 내 사랑, 내 앞에 백 년
동안의 아름다운 길을 놓는다. 아름다운 생애가 바로
미래라는 듯이. 각자 이름들이 각자 그 생애를 향해
달라지지. 꽃들이 먼 옛날의 그후 같다. 시체까지
거룩했던 낭만주의 한참 오버였다는 거지. 잠자는
숲속의 미녀 계속 잘 자라. 백설공주가 백 년 전
눈〔眼〕 속 정결한 집으로 만족한 이유가 있다.
시계 머리에 괘종 너무 무거워서 아니다. 무거움의
형용을 위해서다. 혹한이 눈〔雪〕 형용 바깥 거지에
지나지 않는 형용. 형용 밖으로 선율을 이루려는
희박한, 이름 없는 높이와 깊이들, 은총을 모르는
기도, 치솟는 합창의, 슬픔을 한낱 기교로 만드는
이구모프, 이름의 형용. 누추한 냄새로 지독한
사랑의, 사랑의 질문도 잊은 마지막 목소리가 마지막
잔혹의 육체를 지우는 형용 말이다.

에필로그: 다큐멘터리로 보기

남은 것이 아니라 저런 죽음의 자살이 있을 것이다.
총천연색이라도 총천연색으로 남은 것이 아니라
저런 죽음의 자살이 있을 것이다. 죽음의 거룩이
거룩의 옷을 벗으며 더 거룩해지는 소리, 살아 있는
우리 귀의 거룩한 결이니 영원을 모방하는 저런, 저런

죽음의 자살이 있을 것이다. 총천연의 흑백 자살
아니라 흑백의 총천연 자살인 저런 죽음의 자살이
있을 것이다. 음악이 있으나 없으나 시간을 벗은 말의
음악이 바로 인간인 저런 죽음의 자살이.

나의 영혼
총애받으라.

3부

건물 노후

너무 앞섰던 문명의 폐허가 있어 그뒤의
모든 탄생이 탄생 아니라 등장도 등장 아니라
재등장일 때는 무수히 있다.
그것을 우리가 영원이라고 고쳐 부르지. 공평한 명명이다.
에피소드에 못 미치는 건물 노후.

동(動, 同, 童, 그리고 또 무엇?)의 화(化, 和, 話, 畵, 그리고 또 무엇?)와
정(精, 靜, 淨, 그리고 또 무엇?)의 화(반복은 금물) 사이
건이 있고 물이 있는 데 건물이 있다.
문이 있고 상이 있는 데 문상이 있다.
건물의 문상이 있다, 아주 오래전 외할아버지 집.
건물의 사소인 복도(혹은 엘리베이터). 복도의 사소인 방. 방의
이외인 가구. 가구의 그후인 화장. 화장의 이전이자
지옥인 몸, 그 속에 검음. 감동적인 그것이
끝일까, 그것마저 지우는 무엇이 또 있을까? 결정적인
과정은 만연이다. 미리 서러운 지방이 그때 등장한다.
그대 눈가의 검음쯤으로.
지방의 일화가 정말 여러 번 등장한다.
건물 노후 이전
옛날의 시가집을 우리는 정말 찾을 수가 없다. 이 모든 등장이

극장 폐허를 더없이 을씨년스럽게, 병영 터를 가장 낯익
게 만든다.
행방불명된 것들의 집합 장소거든.
죽음도 이젠 감옥 아니고 그만한 집의 등장이 없다. 풍경
이 죽음의
문법이다. 혼동이 자연과 인간 사이 그것으로
제자리를 되찾는다. 남음과 만남, 엄청나기
바다와도 같지, 모양과 나타남 사이
보이고, 너무 빠르고, 그 과속이 내용을 지우는
사라짐 속.

점, 뿐, 속

점, 교차(交叉)가 뒤늦게 깨닫는 기쁨의
뒤늦음이나 깨달음이나 기쁨 아니라
괴리였다는
점, 원소(元素)가
처음부터 괴리였다는
점, 복잡하기도 전에
예각, 죽음이 너와 낀 팔짱의
보이지 않는 생명의 지도를 찢는
그 예각을 더 예각화할
뿐. 비행기 만든 팔의 상상력으로
날개 행방불명된 시간을 찢는 (충분히 자고 참선.)
부사 격(格) 괄호에 착안할
뿐, 이를테면 단 한 번뿐 아니고 단 한 번인.
짐승(얼마나 무섭겠니 인간이)이야말로
지도가 눈에 보이는 두뇌의 전망이고 죽기 전까지 내가 상상하는
죽음이 나의 죽음이고 때로 죽음이
생보다 더 왕성한
뿐, 생물이 생명의 몸이고
세포분열과 생식이 내 안과 내 밖의
영원 향한 닮은꼴인
속, 속으로…… 했을 때 비로소 속의 정체가
드러나고 그때까지는 있는지 없는지 알 수 없는

속, 감은 눈 되어 이를테면

'귀=악기'
속으로.

읽으면 그대 속으로 그대가 있는
속, 환영인 깊이의 실제인
내 안의 짐승도 그 속으로 안개와 그후의 구름
아스팔트가 제 몸을 편안히 길게 뻗어가는
점, 뿐, 속,
빛, 색, 선, 우주의 공중파 방송 속으로
살갗이 펼치는 뱀 무지개* 속으로
수명의 표정 희미한 골격만 남은
화석의 시간 속으로.

* 아프리카 신화.

31년

한마디는 모든 것을 한마디로 표현하려는 경향이 있다.
'31년'은 한마디가 될 수 없지만
단어 아닌 그 말 발설하는 순간
문제는 어느새 그 뜻이 바뀌는 문제보다 더 심각해진다.
31년은 모든 의미 내포를 내쫓은 31년이고 어이,
이것 보라구, 호령도 하고 착 달라붙는 말과
원수지간 되기도 한다. 언론 →연예. 어떤 화살표는
그 곁에서 더 위독하고, 절망이 희망보다 더
절제가 필요하다는 뜻으로 일요일마다
야훼가 퇴장하고 죽음이 등장한다.
오후 낮잠은 세례 요한 참혹에 피가 없는
절제의 예표. 예수도 말년이 한참 긇겼고
만년이야말로 종교의 적이지.
31년은 파란만장을 유리 언어로 번역한 장식,
반짝임의 어원을 모르고 반짝인다.
연대가 연대의 슬픔을 씻고 연대의
광포를 벗을 수 있겠나. 31년은 내 생애의
반이 넘는 시간이고 돌아간 장모와 함께 산 세월이다.
31년
이제 다소곳한 나의 전략이다.

격자의 강대나무

격자가 물건의 처음부터 순수한 형식으로
되돌아갈 운명의 격자다. 가로세로 직각의,
일정 간격의. '으로'에서 '의'로.
내 마음의 무늬가 그대 마음의 육화고, 거꾸로도
마찬가지인 격자다. 그대와 내가 드러나는 형식
아니라 사정이지. 모든 지금이 특정의 시간인
격자다. 흘려버리는 사랑의 수습, 격자무늬다.
강대나무가 역사를 몇백 년 거슬러오르며
선 채로 껍질 벗겨져 말라죽은 강대나무다.
십자가도 위로받을 때가 있다는 생각.
빈 들판에 십자가도 없이 십자가처럼만 서 있는
빈 들판도 따라서 십자가 없이 십자가처럼만
서 있는 강대나무다. 엘리, 엘리, 라마 사박다니, 자기
연민도 없이 세상도 온통 따라서 십자가처럼만
서 있는 강대나무다. 희망보다 더 적나라한
강대나무다.

신(神), 첫, 지구

번개 내림인 신(神)이 번개 내릴 때 나다.
이 유구한 휴머니즘. 번개 내림인 신이
번개 내릴 때 나다. 이 위태로운 너무 오래된
신경, 형식의 내용 능가 혹은 압살, 첫 입맞춤
첫과 입맞춤으로 번쩍 가르는 전면적(的).
이미 저질러진
여한 없다는 말, 죽고 싶다는, 가장 애매한 말.
없는 장소의 응집, 그후 응집만의 응집도 사라진 그후.
균열, 가장 가벼운 소리가 직전의 모양을 닮아가는
거기서부터
육체의 사랑이 끝내 불안하고 사랑의 음악이 끝내 영롱하고 음악의 육체가 끝내
형용사에 머물고 육체의 사랑은 내가 너를 약간만 의외로 당기거나 미뤘을 뿐인데
네가 이야기에 집착하는 방식으로 나를 헤매고 넘친 후 방식만 남아 사랑하는
방식의 응집으로
네 몸은 나의 몸, 어디? 나의 몸은 네 몸, 어디?
네가 너한테 나를 사랑하기에는 사랑 말고 너무 불쌍한 사람이다.
내가 나한테 너를 사랑하게에는 사랑 말고 너무 형편없는 사람이다.
드러내지 않고 드러난 치부가 그렇게 간절할 수 없다.

하여 5감을 요리로 만드는 상상력을 다시 요리로 만드는
작도와 공작.
차원을 떠고 물질을 입기 전
열개가 자물쇠와 열쇠의 한몸이지만 사랑은
차원이 벌써 물질이다. 숱한 곡예의 시대를 지나 몸이 끝난
사랑이 겪는다 맨 처음 수공 과정을 수공 기억의 몸으로.
각진 것이 닳아내리는 퇴보 아니라 퇴로지. 완벽한 정사
각형
말이 안 되고 완벽한 동그라미일수록 더 더 동그래지려는
경향이 있다. 너와 나 이렇게 기를 쓰는 응집과 해방 있
듯이.
영혼은 빛을 향해 열리는 손, 심리는 그 발.
용기는 이야기의 심리학. 감각은 모질고 호된
자연을 만날 때도 난해조차 우선 말랑말랑 뭉뚱그려놓고
본다. 각을 가장 닮은 것이 '가장'이고 '갈수록'은 아무
래도
세월의 방향 아니라 결과에 달렸지.
둥근 알과 둥근 새 둥지, 세상에 건국이라니. 인간이
제일 늦게 알았다, 지구가 둥근 공이라는 것을. 사랑의
체위로 한 번 낚싯바늘로 두 번 중력을
구부리면서도 말이지. 낭떠러지도 그냥 스스로
가장 편안한 낭떠러지다, '그러나'도 '그러므로'도
그 둘의 포옹도 없이,

서로 닮은 죽음의 배꼽 접촉도 없이 우리가 언제
루트 기호 속에 갇혔지? 세상에 피살이라니
거울 겉면은 가까스로 배꼽이 되었건만 왜 우리는 자꾸
거울 속으로 없는 육체 속으로 깨지려는 거지?
천문이 아직 시간과 공간을 기억했다는
믿음인 시간. 게르만 민족 대이동이 민주주의
고고학에 속하는 시간. 산술하는 식량의 시간. 맥박이
걸음인 시간. 육체가 거룩하게 대중화하는 시간. 여럿이
너를 아는 시작인 시간. 지금은 우리가
사랑 속에 있는 중.

네가 너한테 나를 사랑하기에는 사랑 말고 너무 불쌍한 사람이지만.
내가 나한테 너를 사랑하기에는 사랑 말고 너무 형편없는 사람이지만.

소리
—김숨에게

죽음의 공포와 위안을 한목소리로 내는
인성(人聲)의 신성(神聖)이 있다.
어느새 소리가 사라진 뒤지.
현(絃) 속은 죽음이 쌍(雙)이다.
그것도 어느새 소리가
사라진 뒤지.
그렇게 네가 보내준
잣과 밤이 있다.
깐 잣이고 깐 밤이고 앙증맞은
폭발이다, 끝내 숨죽인.
모기의 죽음은 얼마나 작을까 얼마나 더
어두워져야 어둠이
빛을 낼까.
숨아, 너의 글과 너의 음식으로 하여
물질 속이 악기다.
어느새 육체의 잔혹이
사라진 뒤지.
아파, 아파라.
먹는 얘기가 비로소 식민지를 벗고
슬픔이 추상을 벗는다.
평생을 음악으로 투명해진
살〔肉〕이 음악의 관(棺)이다.

방해
— 이시영에게

역사가 만원이고 집들이 너무 가까운 비극이고
층계가 너무 무거운 겹겹 살림 세대거나 시대인
동네는 한산하다.
오래전 이름 생각나지 않는다. 지명도 지명의 동네만 생각난다.
나오지 마, 그 바깥으로. 대화재도 나오지 마. 버나드 쇼,
꼭꼭 숨어라, 수염 보일라. 더블린, 런던의 외투 같다. 엘리자베스 1세
여왕 시대는 괜찮지. 시장과 극장이 변화보다 더
왕성하다. 전과 똑같아 나오지 말라니까? 세상에
초서가 1374~1386년 중세 런던 시
관문 너머 살았었다니 지금 광화문 골목 어디쯤에서
귀신이 곡할 노릇이군.
살았었었었었……다니, 아무리 '었' 수를 늘려봤자
귀신이 곡하는 골목 수만 늘고 서울 토박이
여행 안 가는 정신만 사납지. 어이, 거기 서 버지니아 울프
호프집 알바생, 8차선 도로 무단 횡단 한다고
뭐가, 되겠나?
지명에 가장 안 어울리는 장소는 처형장이고
운동은 선거운동이다. 동네 자전거포처럼 지명에
딱 들어맞는 이름은 아이작 월튼('숙달된 낚시꾼'),
윌리엄 해즐릿, 리 헌트, 찰스와 메리 램, 꼭꼭
숨는다. 저런, 해즐릿이 밀튼 살던 방에 세 들어 살았군.

실수야. 윌리엄 블레이크가 초콜릿 상자, 리치몬드
제과점도 서울까지 왔다, 제과점 빼면 흔들 건들
두 번 부르게 만들지. 리치몬드, 리치몬드, 슬프게도
만든다. 리치몬드, 오 리치몬드. 익사한 셸리는
여전히 익사중 키츠는 여전히 의학 공부중
여전히 골골하다.

스캔들 혁명사

베스트셀러 신정아 고백록 주요 독자가 오십대라니
오십대인 나 기성회비라는 말의 슬프고 장한 뜻 아는
마지막 세대였다가 시시껍절한 섹스 스캔들이 일약
정치적 과격으로 되는
최초의 지저분한 세대에 속하고 나의 혁명사
육체에 밴 추문을 씻어내는 식일밖에 없다.
의식의 잔인은 얼마나 완화해야 기억되지?
자살을 뺀 들뢰즈와 알튀세는 레닌 뺀 마르크스와
같다는 말이 고무줄 없는 빤스 운운으로 들린다.
왜 사람들이 명작 건축에서 자연사하지
않는가, 왜 자살하거나 피살되는가?
집을 나서면 우리 동네 제법 번듯한 건물 지하가
반 너머 성인용품 시뻘건 물감에 허리까지 잠겼고,
그것에 발 담그며 내가 되뇌인다. 가장 야하고
청초한 말, '여자는 온몸이 악기다.'
가장 오래되고 언제나 개인적인 말, 가장
넘치나 가장 아껴 쓰는 말, 가장 육감적이지만
냄새와 상극인 말, '여자는 온몸이 악기다.'
혁명사보다 혁명 전후사가 더 혁명 실패사보다
혁명 살아남은 차르 귀족 딸 고생 얘기가 더 흥미로운
나의 사태에 나는 어디까지 찬성할 것인가.
오래전 죽은 벗의 오랜만 생가를 보았다. 동생 찾아
월남, 전쟁과 혁명 및 남한과 무관하게 오래 사셨던

큰아버지 문상하고('정환아 사는 게 정말 지겹다')
식구들과 함께 탔던 구포 시내 경전철 덜컹대는 게
이승도 저승도 아닌 상자 속이고 그 앞에 철길
아무리 뻗어도 아기자기했고 더 멀리 안개 속 낙동강
철교, 참화를 벗고 다리가 미끈했다.
행군이 운명이라는 소리 빤하다.
생이 어떤 사태인지도. 정치는 1970년대 민주화 운동
주역들이 아직도 제일 잘 하니 1980년대 아직 오지
않았고 죽었다. 정말 혁명사 쓰고 있구나. 벌써
미스꾸리나 하려 들고…… 내가, 나 말야? 어긋난 데
익숙해져 세상 살 만하다 싶으면 세상이 더 어긋나
거기에 다시 맞추어 다시 살 만하다 싶으면 세상
어긋나는 속도에 가속도가 붙는 이 악화를
파탄으로 정화(淨化)할밖에 없을까? 그것들도 분명
우주가 있을 것이다 자기들의 무한대를 닮았으나 자기들
지능으로는 도저히 다 이해할 수 없는. 바다에
우렁쉥이나 이름 없는 수초들 말이다. '한 끗 더',
'조금만 더'는 그럴 수 없이 위대한 인간 언어지만
그 정도로는 언감생심인 우주가 있기는 있을 것이다.
아파트 정원에 봄이면 어김없이 육덕 좋은
엉덩이를 까는,
왜 사냐면 웃는 민낯과 큰절의 맥문동 같은 것들 말이다.
2012년 5월 현재 그 사내

밤 열두시 넘은 전화 두 달째 없는 것 크게
기뻐하고 있다. 술 정신은 차린 모양이군. 정치와
시민 없고 정치 비판과 시민운동만 있는
세상 살 만한 동안.
그러나 세드나*. 오 냉혹한 풍요,
북극 얼음 바닷속 고래와 바다표범 포유류 낳은
성스러운 말씀, 명명은, 마디마디 잘린 냉동
아이스케이크 손가락들. 카약, 카약, 갈가마귀,
카약, 갈가마귀, 카약, 딸, 애원하는, 애비,
겁에 질린. 애원도 단검도 너무 잔인하여
분노에 달할 수 없는 생명이 운명의 단어 같은
모든 걸 밀어내고 맥락도 그 밖도 모종도 없이
밀어닥치는 신화 아니라 직접성의 지옥, 빙하기
제의로서 육체가 그냥 견딜밖에 없는, 악화와
심화로밖에는 종말을 앞당길 수 없는
혁명사 있었다. 다시 쓸 수 없다. 혁명 이전 혁명의
냉혈을 푸는
혁명사 쓰며 앉아 있다.

* 이누이트 신화 바다 여신.

나무 방 전망

I

나무의 방이 있다. 나무로 된 방 아니라 나무가 사는 방
너머 나무가 나무인 방이다. 나무의 기억이 나무결인
방. 인명 없는 육필 원고 나무가 방인 나무의 방이다.

목재 아니라 세계 나무 스페인 내전에서 전사 그 너머
생명이 어떤 형식의 완벽인 나무의 방이 있다. 물질의
흔적도 없을망정 절멸은 멍청하다는 나무의 방이다.

II

1930년대 경성제국대학 동창회보가 왔다.
상상의 초상도 묻어나는 명함판 사진
영정의 동창회보다.
종이 흔적 없고, 흔적도 없는 종이 너머로
권위가 깨알같이 묻어난다.
도처에서 전망은 바야흐로
초라해질 모양.
지금이라도 부교수를 Reader로, 조교수를 Lectuor로 지
도교수를
Tutor로 조교를 Fellow, Student, Scholar 따위로 바꿔 부
르면 낡은
권위가 좀 풀어지기는 할까? 근로 장학생은 안 되지
Servitor라니. 식민지 콤플렉스가 아직 기세등등하고

그게 문제의 본질도 아니다. 기념비보다 더 오래가는
일화가 있고 읽지 않았기에 더 오래간 일화의
역사가 있는 것만으로도 우리 몸은 여러 겹 시대다.
왜 여러 겹 시대는 뻗어나가는 몸이 아니지?
손가락으로 장을 넘겨 쪽만 세는 1930년대 경성
제국대학 동창회보가 있다. 1930년대 경성제국대학
건물 속 내 방에서 읽는 몇백 년 전 몇백 년 전통의
대학 동창회보가 있다.

III
유적일망정 마을보다 먼저인 성당은 먼저 와 있는
의도가 마을 밖으로 검고 분명하고 검음보다 더
분명하지만 켄트 주(州) 캔터베리.
성당은 시커먼 것과 정반대고, 마을이 역사를
스스로 축약하면서 분명보다 더 당연해진다.
1170년 토마스 아 베킷, 캔터베리 성당 대주교,
친구인 잉글랜드 왕 헨리 2세가 보낸
자객에게 피살되었다. 런던에서 이 성지로 순례 오는
『캔터베리 이야기』는 살아서 지독한 냄새가 그리
길길이 뛰었으나 1564년 이곳에서 태어난 극작가
말로가 런던에서 셰익스피어를 압도하며 무신론자로
여왕 밀정의 밀정 노릇도 하던 1593년 5월 30일
선술집 칼싸움에서 눈 찔려 죽었다. 1935년 T. S.

Eliot이 시극 「성당에서의 살인」을 썼다.
이 암울은 분명 불운과, 당연 보충과, 그리고
이면과 무관하다.
살인이 대안일 수 없듯 피살도 대안일 수 없지.
이외(以外)일 뿐이다. 그러나 그것은 마을 아니라
마을 사람들이 하나도 모를 수 있는 어떤,
결핍의 차원을 전화하는
이외고 당연이고 의외다.

IV
나무의 방이 있다. 돌이킬 수 없어 돌이키지 않는 방
아니라 돌이키면 안 되는 것 너머 돌이키지 않으므로
돌이킬 수 없는 나무의 방이 있다. 왜 가장 끈질긴
비극의 일화인
몸 아니지? 눈에 띄지 않지만 가장 끈질긴 일화의
건물로 태어나는
언어의 지명이 있다.
가장 밀집한 곳에서도 언어는 등장하는 법이 없다.
우리는 우리가 쓰는 언어의 끝을 볼 수 없다.
그것이 영원의 당연. 우리가 우리의 언어 밖으로
나갈 수 없고 우리의 언어를 앞질러 갈 수 없다.
이 친근하고 흔쾌한 없음,
그것으로 벌써 우리가 매번 새로 등장한다.

우리는 행복해도 된다. 언어가 공포 한 점 없는 우리 데드마스크이니, 우리 밀집한다. 우리 몸, 언어가 언어의 무덤 닮은 지명일 때까지.

뉴질랜드 소

전철역에서 보았다. 드넓어 광우병도 구제역도
상상할 수 없는 초원에 멀뚱하니 카메라 렌즈를
쳐다보는 뉴질랜드 소.
인간이 미학적으로 잔인하구나. 육우 개량이 저렇게
착하게 씩씩하게 잘생긴 얼굴이라니.
찌든 노동의 천편일률, 흔적도 없다.
씨익 웃는단들 놀랄 것이 없다. 하루만 더 살았어도
저 뉴질랜드 소, 구미호 따위 정말 뒷발로 툭 차
전설의 고향으로 돌려보냈을 것이다.
내 키 높이 사진 배경은 낱낱이 완벽하게 초원이고
나를 쳐다보는 저 뉴질랜드 소
유언 없는 모든 인간 참사의 뒤늦은 전언 같다,
죽음을 100% 다는 모르니
저리도 천진난만한.

이빨 빠지는 나날

I

소갈비 뼈 질긴 접착 부분을 기어이 뜯으면서도
멀쩡할 때는 존재조차 몰랐던 이빨이
하나 빠지니 이'들' 되고 대열이 무너지며
일약 균형을 요구한다,
있음과 없음의 균형, 기울고 흔들리는 수와
양의 균형. 정말 이것들 내 이빨도 아니지.
윗니 빠진 아랫니는 그래도 중력의 도움을 받지만
거꾸로는 설치류가 로망이고, 앞니 빠진 양쪽 이는
양쪽으로 벌어져 곤충류가 세계관이다. 마지막
어금니들이 마지막인 줄 아는 듯 필사적으로
버티느라 굵어지니 호랑이 이빨 같은 게 입속
상하좌우를 전보다 더 분명하게 짚는다. 분명은 분명
부자연스럽지. 이래서야 자연 수명보다 더 먼저
굶어 죽는 게 자연 수명인
이빨 빠진 호랑이 심경을 이해할 수 없을 것이다.
호랑이 수명이 인간보다 더 탁월하다는 거
알겠지만 인간은 아무래도 호랑이보다
온건해서 인간이겠지. 죽지 않으니 완전히 끝까지
망가져보는 게 인간에 남아 있는, 축복은 몰라도
탁월일 수 있고 그게 커다란 위안일 수 있다.
전동 칫솔 쓰고 틈틈이 natural citrus. Listerine*
양치질도 하면서. 잇몸

와꾸만 남을 때까지 말이지.

II

입 크기가 치열(齒列)과 그게 그거라고?
큰 코 다칠 소리. 처음부터 입은 치열의
입구에 지나지 않고 뒤늦게 목구멍도 그렇다.
벌써부터 치열은
은밀한 내면의, 내면 없는 괴물이지.
씹을 때 말고는 기척도 없다. 아니 그때도 없다.
씹는 이빨과 씹히는 음식만 있다.
직경이 거의 입의 세 배인 치열이 볼보다 더 큰
비명을 질러도 우리는 알 길이 없다.
우리가 목숨보다 더 큰
비명을 같이 지를망정 알 길이 없다.
하지만 안심할 것. 치열은 입을 잡아먹지 않고
그런 계단도 있다.

* 감귤류. 세균 억제 구강청결제.

젖무덤 전망 햇살 체

이야기가 죽음이라는 이야기로 내가 죽어간다.
병원에서. 이제는. 공습이 공습을 낳지 않는다.
손톱으로 새긴 낙서가 손톱으로 새긴 낙서를
낳지 않는다. 낯설지, 누가 살다 죽었다는 말.
그런 일이 설마 있었을라구. ……죽음도 생과
방식이 다를 뿐,
놀고먹지 않는다는 거.
죽음의 언어가 죽음의 언어를 낳고 그 언어가
다시 언어를 낳는 생물의
자연은 도처에 있다. 우린 그것을 반복해서 혹은
반복으로 오해만 할 수 있다. 간접
흡연이라는 거지. 마루 통유리창 오른쪽 구석
어깨가 심하게 굽은 우향(右向) 의자에 앉아
담배 태우면 창밖 시야가 더 좁은 오른쪽
구석으로 국한되고 덩달아 중력이 의자 밑
엉덩이로 국한된다.
이만하면 충분하다.
아파트 건물이 뭉턱 잘려 직사각형 날씬하고,
곤두선 그것을 그 아래 2차선 교통로가 설설설
달랜다. 자신이 직선인 것도 잊고.
그런 중간 허공에 주변을 온통 안개 속으로 만드는
신호등 있다. 낡은 상가 옥상에 버려진 가전제품,
전설보다 더 낡은 마법의 성 모양 유치원 건물.

주차장에 약간의 쓰레기. 아직 철거되지 않은 슬레이트
지붕 동네 약간. 어설프게 허물고 어설프게
새로 올린 건물, 약간이라 족하다.
그 안에 나도 행인으로 오가고 가로수고 계절이고
그보다 더 큰 변화가 내 육안 능력 바깥에 있다.
그래. 축약이 아니지. 변화에 더하여
아래위도 없다. 마음이 마음을 어떻게 비우나,
비루가 비루를 어떻게 벗겠는가? 정신 혼미할수록
누군가가 누군가의 체로 되는 것이
무언인가가 무엇인가의 체로 되는 것에
근접하기를 바라는 거다. 혹시
죽음처럼 밝은
햇살의 체 말이다.

지명의 안식(安息)

I

생이 각자 안식에 드는 식으로 지명의 투명한
두께를 이루고 지명이 생의 가명과 재혼을
지우는 식으로 생을 받아들인다. 지명이 저 혼자
지명의 안식에 들지 않는다. 그 속의 모든 생이
친절한 안주인처럼 깔아준 이부자리와 함께 든다.
그렇다. 죽고 보니 생이 대양을 넘나들었을망정
결국 약간의 수줍음만 남았던 거다. 조촐하게
각자가 주인공인 출판기념회였던 거다, 조촐해야
하거나 조촐할밖에 없어서 아니라 조촐해서
가까스로 모임에 달했던. 사라졌다, 지금은……

II

그렇게 말할 수 있는 지명 말이다.
정말 사라진 것이 일화의 감옥인 그런 지명,
우리가 불청객까지는 아니었던 그런 지명,
저승에 출판기념회가 있을 리 없지만 그럴 리
없는 그 대신으로 헌책방 하나는 있지 않겠나
그런, 으름장 아닌 으름장이 미리 가능한 지명,
모든 어원이 결국 시시하다는 것을 알게 되는
과정인 지명 말이다. 고대 그리스어 '이방인'
barbaros는 그냥 말이 시끄러운 의성어였다.
야만이 결국의 과정으로 되는 거지. 턱없이 높은

지대를 매겼다가 소작인들 거부 사태를 맞은
아일랜드 거주 잉글랜드 지주 Boycott는 더
심각한 사태다. 어떤 때는 지명만이 살길인
그런 지명 말이다.

III
놀람, 뒤늦은.
동면을 깨는
발 아니라 손.
생보다 더 생생한 종(鐘) 울리는.
숨은 그림 같은 소리
숨은 소리 같은 소리
정의(定義)도 종류도 옷을 벗는다.
깨어날 시간이라는 듯이.
찰스 디킨스만큼 천지사방을 취재차 발로 싸돌아다닌
당대 소설가 없을 것이다. 그의 배경이 영국 머리말,
꾸다 만 꿈과 흐트러진 머리카락 뒤섞이지.
그가 죽은 개즈힐은 셰익스피어 헨리 4세 우스꽝
주정뱅이 호색한 뚱보 폴스타프가 노상강도 행세로
개망신당했고 소년 시절 가난했던 디킨스가
탐'냈던' 곳이다. 생의 생인 과거와 영원한 권력인
현재. 그 집 여전히 실내고 첫사랑 여전히
육감을 모르고 미진하다. 나무 결이 아직도

옹졸한 쪽으로 따스하다.

IV

비극의 비극이 희극 아니고 희극의 희극이 비극 아니고
비극의 비극이 희극의 희극이라는 뜻에 이르러 비로소
castle, market, university 뒤바뀔 사정도 Elizabethan,
Tudor, Georgian 다시 시작할 사정도 없고
천년을 내다보며 우리는 가까스로 천년 전 무겁고
음울한 생로병사가 태곳적인
폐허의 노르만 성(城)
골격으로 선다.
돌아가지 않고 들어가지 않고 선다.
골격은 무게가 없고 적나라가 든든하거든.
그때 우리가 바로 지명의
안식이다,
생활도 생가인
지명의 안식이다.
기분 좋은 낙마(落馬) 혹은 낭패,
이사 없는 부(富)의
비석이 비문인.
상징 없는.

길찾기
— 이병창에게

전철 합정역 2번 출구 빵집 골목 아스팔트
내려오다 횡단보도에서 건너지 말고 좌회전
시골 남원 추어탕.
당산동 내 집에서 한강 건너면 거기므로 더욱
아둔하게 들리는 길 안내에 내가 꽂혔다.
핸드폰 없는 처지 잊지 않고 전화번호 적지 않고 꽂혔고
한강 건너는 전철 한 정거장 간격
평소보다 더 빨라 한강 보이지 않았다.
그리고 2번 출구로 나와보니 과연
아득했다. 미친놈일세……
파리바게트 한참 전에 빵집 골목 있다니
한참 가다 뒤돌아왔고 확실치 않은 아스팔트길
아래로아래로 끝이 없고
횡단보도 숱했고 한참을 오르내리다 정말 다행히
고맙게도 한참 더 내려가야 한다는
주민 말 듣고 그 말보다 한참을 더 간 횡단보도에서
좌회전하고도 다시 한참을 더 가서 찾았다,
시골 남원 추어탕집.
미친놈은 여전히 미친놈이지만
나는 그 아둔에 꽂혔던 내 아둔의 속내가 더 궁금하다.
시골 남원 추어탕집
그 서울 속 자신만만한 시골의 고유(固有) 덕분에
찾은 것 같지 않다. 겨우 찾은 것 같지 않고

이제사 찾은 것 같다. 뒤늦지 않은 것 같다. 그 주민 정보
너무 우연이라 거의 기적에 달하지만
그보다는 어떤 전언 같다,
동네보다 조금 더 동네적이라 조금 이상한 전언.
숱한 탄생과 방문과 행사와 죽음의
목적을 끝내고 나니 이제 주변에
마구간 냄새는 없어졌다는
만연한 전언이다. 그 주변의 중심이 끝낸 동네인지
끝내는 동네 주변인지 아직 끝을 모르는 먹자골목인지
확실치 않아서 조금 더 이상한 전언이다.
건물이 없으나 낡은 벽걸이시계 하나 뭔가를
수습하려 아직 남아 있을 것 같은 동네다.
시골 남원 추어탕집.
가보니 아는 길로 갔다면 내가 자주 들르는 출판사
바로 옆이었겠는데
그것을 깨닫는 순간 길이 영영 사라졌다.
꿈에서 이상적으로 낡은 헌책들을 찾았으나
미처 다 챙기지 못하고 깨어나
생각중이다. 그것이 현실처럼 생생한 꿈 아니라
옛날에 만났으나 내가 지나쳤던 귀중이 적당한
책등 닳고 실 제본 풀리기 직전인 헌책들 아닐까.
듣고 있다, 유명의 생애를 어느 중소도시 오케스트라
유명의 조율에 바친 지휘자들의 유명한 오케스트라

연주를 듣고 있다. 1등 얘기 아니지.
근면 얘기도 아니고, 겸손의 해탈 얘기는 더욱.
지휘자는 오케스트라가 전부라는, 너무 당연하고 시시한 얘기다.
영문학 책을 읽고 있다. 코울리지, 자연 풍광에
어떻게 반역이 없겠는가. 네가 본 것은
부재가 가능한 지명이다. 햄릿은 '아주 작은 마을'이라는 원래 뜻으로
결코 돌아갈 수 없다.
벨파스트와 더블린도 끝내 바늘 귀 깨져나가는 지명의
어감 차이지 반역의 차이 아니다.
십자가 다음은 구경 널찍한 암나사와 나선 길쭉한
수나사도 묵직하게 녹스는데
그렇지 않는 것 보면 홀로 있는 지금보다 홀로 결합할 장차가
분명 더 힘들 것 같은 쇠못,
매일 내 몸에 박히는 매일의 색깔 없는 연민의 세속 다음의.

도미 대가리 매운탕

아내가 출근 전에 팔팔 끓여놓고 간
도미 대가리 매운탕 다시 끓여
나 홀로 점심 먹는다. 땀을 뻘뻘 흘려도
도미 대가리 매운탕
새빨갛게 맵고 새까맣게 짜도
소용이 없다.
어두봉미* 눈알을 파먹는 거
별거 아니고 잠깐이고
동굴이다.
춥고 끔찍하여 최소한
아내와 내가 있었지.
얼굴 살 뜯어먹으면 서서히
드러나는 생선
두개골, 광년 너머
지질 연대의.
특히 백악기의.
인간이 먹는 죄가
진화를 능가하고 그것이 참으로
빠른 시간의 먼
거리(距離)였구나. 아내와 나
순식간 멀리 떨어져
아내도 없고 나도 없다.
소름 끼치는데 소름이라는 낱말이 없는 그

백악기에 내가 있다. 아내는 어느 연대에?
그리운, 그리운
구석기여, 음식의
죽음이 보였던. 인간 종(種)의
희망이여, 살갗이었던.
아내여, 이 모든 것이었던.

* 魚頭鳳尾. '물고기는 머리 쪽, 새 고기는 꼬리 쪽이 맛있다.'

성묘

가려운 두드러기 약 먹은 몽롱이 끝내 안온한
두 겹 잠 속.
마루에 아버지 방문 두드리며, 양복바지 입고
웃통 벗은 채
가출하신단다. 아버지,
돌아가셨거든요?
어느 겹 어드메서 어느 겹 어드메로 가신다는 건지.

어머니 낑낑 매는 소리로 말씀하신다. 얘야, 아버지
자리끼 넣어드려야지…… 저승은 온냉이
혼탁하잖아요. 어머니…… 난감하여 깨어나니
불 켜진 아파트 안방. 치치칙대는 TV 화면
두드러기
씻은 듯 가라앉았다.

다 좋은데
어디다 무슨 수로 바치나. 이빨 닦으니 겹 없고 식구들과
성묘 간다.
모든 게 멀쩡하다. 제사
절차가 죽음을 들이는 통로의
공식이구나. 죽음의 개인도 멀쩡하다.
부모님 다시 어른들이다.

온몸에 다시 나온 두드러기는
변온동물의 갑옷, 팔뚝에 목덜미에 붉은
반점은 온도계,
붉을수록, 낮은.

비는
차창 밖에 비.
지상에 가장 낮은 처마, 내
두드러기 아래 내리고.

원전 노후(老朽)

마을에 괴물이 있다.
버젓이 있다. 전기(電氣) 문명의
낯익은 괴물이다.
버젓하고 낯익은 걸 생각하면 그럴 수 없이
끔찍한 괴물이다. 우리가 그 혜택을 받지 않았다고는
못하지. 나라 전체가 혜택을 받았다 너무 거대하여
육안에 보이지 않는,
공포의 혜택을.
신경줄보다 더 미세하여
육안에 보이지 않는
공포의 혜택을.
이제 그 괴물
어느 날, 아니 바로 내일 아니 바로 오늘 아니 바로 지금
빛 천지 번쩍이 너무 급작스러워 스스로
재앙인지도 모르는 재앙일 수 있다.
우리가 사라지는 것도 모르고 사라질 수 있다.
우리가 사라진 것도 모르고 사라질 수 있다.
그건 차라리 낫겠지. 그때 사라지지도 못한
사람들 생각하면 생이, 잔존하는 생명이
끔찍 그 자체일 수 있다.
원전 노후,
그것은 괴물이 스스로 그러기 전에 자신을 폐해달라는
말. 괴물 자신의 마지막

필사적인 인간 언어의
말, 말의 마지막인 호소.
왜 그것을 인간이 알아듣지 못하나?
우리 마을에 나라를 집어삼킬,
낯익은 괴물이 있다.
호소하는 낯선 괴물이 있다.

『미학 오디세이』 20년, 정말?
— 진중권에게

호메로스 『오디세이』가 정말 수천 년 전
미학 오디세이였다.
다만 그때는 주인공이 방황하게 될 자신의
운명을 몰랐고, 몰라도 되었다.
제 안의 자연 야만을 벗어던질 운명이
벗어던지는 운명이었으니.
오늘날 미학 오디세이, 벗어던질 운명을
더 잘 알고 있으나
벗어야 할 야만이 다름아닌 인간 것이라
벗어던지는 운명이 더 힘들다.
자신이 우월하다고 스스로 믿어버리는
풍자는 쉽지. 절망을 광고하는 절규도
쉽다. 웃음과 울음으로 제 혼자 혹은 저 먼저
허물어지지 않기 위하여 너는
독종이 되는 쪽을 택했다. 아프디아프게
택했다고 믿었기에 지켜보는 나도 크게 아팠다.
걱정은 안 했다. 아파하는 것이 미학이고
죽음에 패배하는 자들이 패배하는
아주 부드러운 한숨을 미학으로 생각하는
생각의 패배가 바로 현대다.
이 현대를 정말 우리가 울화 없이 관통할 수 있을까,
『미학 오디세이』 20년, 정말?
장하디장한 독종의 미학 오디세이 20년,

정말이다.

보유(補遺): 발굴 바벨탑 토대

I

폭염에 노인들 죽는 산업화

세월의 단순은 후안무치하다.

뉘앙스도 없지.

노인 범죄, 벌써 옛말 같다.

언어가 무의식의 현현이라고?

태풍 북상한다. 겐지모노가타리, 겐지모노가타리,

후렴;

겐지는 음차

모노가타리는 훈차

과거, 무겁고 감격, 가볍다. 삼청동 공관 못 미처 카페

8-step은 그냥 여덟 계단이군. 고등학교 때 친구 살던

집터다. 그렇지 않아도 한 3,40년 얌전하던 기와집들

청와대 오가는 길 잠행하는 축대 위에 주눅들어 있었지.

지금 평당 5천만 원이라고? 무의식은 생의 전면성, 의식은

죽음과 생각보다 더 많이 관계한다. ~임이고 ~됨이고 ~

함인 성(性)이 늘 죽음 아니라 제의로 끝나는 까닭이다.

II

어느 완벽한 협연이 시간을

공간으로 바꿀 때

그 안에 깊이 빠졌으나 허우적대지 않고
작곡과 연주도 상관없을 때.

너와 나 없는 게 그리 당연하고 막연이 가장 진지한
대화 상태일 때.

병약한 새끼들을 크낙한 부리로 쪼아 죽여버리는
괭이갈매기 따위 자연을 우리가 '받아'들일 때.

이해도, '기어이'도, 개체수도, 연민도, 간절도 비정도
없이 그냥 받아들일 때.

다섯 손가락과 얼굴 형체 풀어지고 검은 구멍의 검음만
남는 것이 참사는커녕 사태에도 미치지 못할 때 충격에

모멸을 안기는 식(式) 행갈이가 바로 최초일 때. 언어의
미래가 발굴된다.

결과의 결과가 원인인 언어와 미래, 절망이 다
모을 수 없는 무한의 계단인 언어의 미래 말이다.

죽음의 가장 생생한 밑그림

이기에 미래인 언어 말이다.

아름다움이 피비리다는 말, 방정맞지. 행복이 당사자보다
5백 년도 더 지나 실현된다. 철로가 혀를 빼무는 참사 뒤에.

음악인 계승이 계승인 음악이듯 죽음인 평화가 평화인 죽음인
언어와 미래, 언어의 미래, 언어인 미래, 미래인 언어 말이다.

III
노을 지고 해가 완전히 넘어간 통유리창 오른쪽
아주 조금만 날이 저물었다. 아내는 독파 직전이다,
뒤늦은 『한국사회주의운동 인명사전』을 뒤늦게.
너무 그로테스크해서 차라리 명랑으로 명랑의
살갗을 벗기는, 그런 거룩도 있다. 옷과 집 사이
계단이 다시 집인 그런 '기념비적'도 있다.
자세히 보면 끊어진 것을 잇는 것은 끊어짐이고
더 자세히 봐야 그것이 당연하다. 생애 속으로
달아나는 생애와 생애 밖으로 응집하는 생애
사이 혹은 표리.
얼굴과 이름이 고유와 추상과 보통
명사까지 벗은

언어의 문 골조(骨組)에 이르러
우리가 깨닫는다, 언어가 lotus고 우리가
lotus-eaters라는 걸 깨달아야 비로소 그
거꾸로가 가능하다는 것을.
20년 만에 들른 동네 구멍가게 주인 얼굴이
20년 전 얼굴 그대로인 이유는 그렇지 않은
이유보다 더 길다. lotus-eaters,
우리는 소멸할 것을 우리가 아는 것들만
진실로 사랑한다.
언어의 이유는 언어보다 더 길지. 그렇게
슬픈 일도 없다. 그리고
순식간이 빗장이다.

IV
어렸을 적 좁은 동네에 다닥다닥 붙어
어린 마음에 꽤 크고 어린 마음의 귀가
골목을 두세 겹으로 미로화하던 시장
점포들은 모두 미로화해주는 거였다.
잠 속은 아무리 일찍 가봐도 모두 문
닫았다. 과일 생선 가게 밤참 국숫집
새벽 해장국집 24시 포장마차
잠 속은 처음부터 철시
광경만 묻어났다.

잠 밖에 덜덜덜 선풍기 바람, 이마에 국지성 폭우,
더 멀리 폭염에 녹조가 극성스러웠다.
끝내 색깔도 인간의 차지고 일이라는 듯이. 이
을씨년, 이게, 과건가?
잠 사이 폭우가 그것을 없앤단들 인간의
멸망 전까지 돌이킬 수 없는 것들이 자꾸
생겨나 인간의 멸망을 앞당긴다는, 과건가?
사물들의 돌이킬 수 없는 몸, 돌이킬 수
없음의 몸이 그것들 문법이고 자연이 그것들
대화의 몸이라는, 보이는 것이 안 보이는
문법이고 안 보이는 것이 보이는 대화라는,
현재가? 19세기 태어난 연대기 빈자리가
지금 아무리 크고 가깝게 밀리며 밀고 들어
온단들 내 생애를 뛰어넘지 못한다는, 미랜가?
이제 세계가 늙고 세계의 언어가 늙는다,
여기저기 모서리에 자꾸 난데없이
복사뼈를 가격당하는
인간의 노년 품고 인간의 노년보다 더.
자연도 늙는다는 건 정신보다 육체가
더 조심성을 잃는다는 뜻이지.
늙음의 문법은 '자꾸'와 '난데없이' 같은
부사격으로 늙어간다.

V

죽어라고 퍼붓는
비는 죽어라고 엄청난 생명과 생명력을 준다.
비가 죽어라고 엄청난 생명과 생명력을 준다.
어느 게 먼전지 모른다. 자연과 인간을 모른다.
달팽이
점액질
집
시의 내용은 생의 형식. 거꾸로일지도.
어쨌건 끔찍한 제의는
면하기 위하여.
생애가 된, 되는 체계 아니라
살아생전
사후 체계화인 생애.
우리 똔똔은 될 줄 알았는데……
많이 까먹은 거지.

VI

아내가 마늘 줄기에 슨 벌레 알을
일광 소독할 겸 마늘을 깐다고 올라가고 뙤약볕인데
꽤 시간이 흘렀기에 나도 올라가보았다.
13층 아파트 옥상
바닥과 가슴 높이로 두루친 벽 시멘트 두텁고 거칠고

튼튼한 것이 처음인 듯 좋았다. 두 다리가 후덜덜 떨리기
직전으로 오금 저리는, 아내만 아는 내
고소공포가 잠시 진정되고 하늘과 사방이
평소 몇 배로 열린다 아내의 절인 오이처럼 쪼그라든
차림에 기대어 더욱.
하지만 오래 못 가지 가여운 아내 때문에 더욱. 고소공
포는
안위의 추락보다 자포의 자살 공포에 더 가깝거든. 그런
데……
각 50미터 넘을
것 같은 직선의 ㄱ자 건물 전체가 각진 구비구비 옥상
하나로 연결되어 있었다. 한 동이니까(그것도 몰랐어?)
당연했지만 그게 내 바닥이었다. 그건 당연하지 않다.
운동장과 다른 방식으로 트인 공간마다 빨랫줄 하나
혹은 들. 담벼락 흘러내리는. 시늉만 덩굴이고 구석인
구리색 뻔뻔스런 유선 TV 케이블 다발 하나. 닫혀 있는
옥상 문마다 내놓았다 꼭대기 층 주민이 실내에 조금
미달하는, 살림 도구와 가전제품들을. 그리고 가꾸어
놓았다 더 알뜰살뜰 심장보다 약소한 개인의 정원을.
내가 돌아다녔다 이 바닥 돌아다니므로 돌아다닐 수
있게 하는 바닥이다.
아파트 한 동을 지붕으로 묶지 않고 한데 있게 한다
걷지 않으면 드러나지 않는다. 가출 청소년 거처로

처참하겠지만 지붕 밑으로
짐승 부모가 짐승 자식을 낳는 것은 등장인물들이 등장
인물들을 낳는 것과도 같을 것 같다.
산문 정신의 발.
어디까지 걸어야 아내 잃은 자 위로하고 위로받을 수 있
을까.
종로구 인사동 동산방화랑 견지동 공용주차장 신한은행
아벤트리
호텔 골목 삼수갑산 어디까지 가야 온전한 지명일 수 있
을까 숙대
입구역 남영우체국 용산 갈월동 교황이 정말 세월호를
가져 간 거 아냐? 백 명 넘는 술자리지만 모두 젊어서 그
런가
오늘은 처음부터 끝까지 그 이전부터 이후까지
억사심정 전혀 없을 것 같군. 그 문학상 심사는 가슴이 아
프더군.
숱한 행사와 모임에 갔고 또 성묘 갔다. 형은
자본가와 정반대로 무노동 무임금 원칙을 고수, 일 안 하고
최저 생계를 유지하더군. 그쯤 되면 그 위로, 빨래 널은
벽에
곰팡이 약간도 정갈하지. 당적 문제가 아냐. 국회의원 노릇
그만큼 오래하고도 괜찮은 성격을 유지한다면
표변이 없는 거지. 내 발이 깐 마늘 박스 두 개 들고

데려왔다 사라예보, 푸른 하늘과 흰 구름과
평화의 비둘기와 기와 농가와 위령탑에
살기가 아직 묻어나는 사라예보 여행 기념 손지갑과
카드보다 더 작고 얇은, 제국 영광이 무너진 바로 그만큼
아름답고 섬세한 DAKS
ALL ABOUT HOUSE CHECK 선적책자 사이
내 책상 위로 내 발이
내 발을

김정환 1954년 서울에서 태어났다. 1980년 계간 『창작과 비평』을 통해 등단했다. 시집으로 『지울 수 없는 노래』 『황색예수전』 『회복기』 『좋은 꽃』 『해방서시』 『우리, 노동자』 『기차에 대하여』 『사랑, 피티』 『희망의 나이』 『하나의 이인무와 세 개의 일인무』 『노래는 푸른 나무 붉은 잎』 『텅 빈 극장』 『순금의 기억』 『김정환 시집 1980~1999』 『해가 뜨다』 『하노이-서울 시편』 『레닌의 노래』 『드러남과 드러냄』 『거룩한 줄넘기』 『유년의 시놉시스』 『거푸집 연주』 등이 있다. 백석문학상과 아름다운작가상을 받았다.

문학동네시인선 082
내 몸에 내려앉은 지명(地名)

1판 1쇄 2016년 6월 5일
1판 2쇄 2022년 6월 30일

지은이 | 김정환
책임편집 | 김민정
편집 | 김필균 도한나
디자인 | 수류산방(樹流山房) 본문 디자인 | 유현아
마케팅 | 정민호 이숙재 박치우 한민아 김혜연 박지영 안남영 김수현 정경주
브랜딩 | 함유지 함근아 김희숙 안나연 박민재 박진희 정승민
제작 | 강신은 김동욱 임현식
제작처 | 영신사

펴낸곳 | (주)문학동네
펴낸이 | 김소영
출판등록 | 1993년 10월 22일 제2003-000045호
주소 | 10881 경기도 파주시 회동길 210
전자우편 | editor@munhak.com
대표전화 | 031) 955-8888 팩스 | 031) 955-8855
문의전화 | 031) 955-3578(마케팅), 031) 955-2678(편집)
문학동네카페 | http://cafe.naver.com/mhdn
인스타그램 | @munhakdongne 트위터 | @munhakdongne
북클럽문학동네 | http://bookclubmunhak.com

ISBN 978-89-546-4030-5 03810

www.munhak.com

문학동네